EW
エブリスタ
WOMAN

毎週木曜日

柚木あい著

三交社

毎週木曜日

目次

第一章　この熱を感じられるだけでいい

すっかり見慣れた営業部の朝会の光景。その様子を目の端に捉えながら、私はパソコンに向かっている。

私の勤めるサカキメディカルは医薬品や医療機器の卸売会社で、この朝会には、社内の人間だけでなく、仕入先の製薬会社の営業担当者も顔を見せる。朝会があるのは、週初めの今日に限ったことではない。お互いの情報を交換し合い、販売先となる医療機関の声に速やかに対応するため、平日は毎朝開かれている。

五年前の春、福岡《ふくおか》の大学を卒業した私はこの会社に新卒で入社した。東京《とうきょう》や大阪《おおさか》での就職も考えたが、やりがいと、とある理由から福岡を離れたくなかったため、ここを選んだ。

入社してからは営業事務として、受発注の対応や伝票・請求書・見積等の作成、来客応対などを担当してきた。営業のサポートをメインに任されるようになったのは、今から四カ月前、今年の四月に入ってからのことだ。薬価台帳や営業資料のファイリング、医療機関等への提出資料の作成など、これまでに経験したことのない仕事が多く、いまだに戸惑うことも少なくない。

私がサポートしている卸売会社の営業職のことを、一般的に〝MS（マーケティング・スペシャリスト。医薬品卸販売担当者）〟と呼ぶ。混同されやすい職種に〝MR（メディカル・レプレゼンタティブ。医薬情報担当者）〟というのがあるが、こちらは製薬会社の営業職のことであり、MSとMRは仕事内容も異なる。

医薬品の販売は、医療機関と製薬会社の間で直に取引されることはまれだ。通常、サカキメディカルのような医薬品卸売会社の仲立ちの下に行われる。つまり、医薬品卸売会社に属するMSが医療機関から注文を受け、該当する医薬品等を製薬会社から仕入れて供給する。

一方、製薬会社に属するMRの仕事は、医療機関やMSに対する自社製品のPRが中心となる。具体的には、自社の医薬品の効能や実験データなどの情報提供を行い、自社の医薬品を購入してもらえるようにバックアップする。ときには、MSからの依頼で説明用の資料を作成したり、MSと一緒に顧客の元へ出向いたりすることも珍しくない。

このようにMSとMRは会社こそ違え、運命共同体にある。逆にMR同士はライバル関係にあるといえる。

朝会が終わると、早速、MRたちの競争が始まる。MSと信頼関係を築き、自社の製品を薦めてもらえるようにするのが、彼らがここに顔を出す真の目的だ。

「樋口《ひぐち》さん、おはようございます」

少し離れた所から聞き慣れた声がする。先月の売上データの分析結果をまとめていた私は、思わずキーボードを叩いていた指を止める。

「あぁ、杉浦《すぎうら》くん、おはよう。悪いな、手短に頼むよ」

「はい。昨日依頼された資料ですが……」

視線を上げると、村居《むらい》製薬株式会社のMRである杉浦くんが、うちの会社のMSの樋口さんと話し込んでいる。同じような光景はあちらこちらで見られるのに、杉浦くんだけ私の瞳に違って映るのは、彼が大学の後輩で、私たちの間には周りには言えない〝ある関係〟があるからだ。

「ほんと、杉浦くんは仕事が早いから助かるよ」

「いえ。樋口さんにたくさんご協力いただいていますから」

「持ちつ持たれつ、だな。契約、これでしっかり決めてくるよ」

「はい。よろしくお願いします」

杉浦くんの爽やかな返事に、樋口さんは笑顔を返し、足早に去っていく。次の瞬間、杉浦くんがふいに私の方を向いた。

突然のことに動揺してしまい、慌ててパソコンの画面に目を移し、適当にキーボードを叩く。それから素知らぬ顔で再び視線を向けると、杉浦くんがやわらかな笑みを浮かべて、私に軽く頭を下げた。

ただ目が合って笑みを向けられただけなのに、心臓の鼓動が一気に跳ね上がる。さっきまでの彼の真剣な表情と、今、目の前にある笑顔とのギャップに負けてしまいそうだ。でも、どうにか平静を装い、私は小さく頭を下げた。

こんなふうに杉浦くんは、私の心を簡単に揺さぶることのできる唯一の人だ。それは初めて会ったときからずっと変わらない。そして、きっとこれから先も同じだろう。そう思うと身体が少し熱を帯びた気がした。

下げていた頭を起こすと、杉浦くんは私から視線を外した。行き場を失った私の視線が宙を彷徨《さまよ》う。少し寂しい気持ちになるけれど、ここでの私たちの関係は、ただの取引先の相手同士にすぎないのだから仕方がない。

ため息をこぼしてパソコンを見ると、無意味な文字列が並んでいた。私はバックスペースキーを押して文字を削除しながら、仕事モードに気持ちを切り替えた。

その週の木曜日、私は、朝から浮つく気持ちを抑えながら仕事をしていた。午後五時半に終業時間を迎えると、すぐに会社を出た。

八月に入ったばかりで、西の空ではまだ太陽が照りつけていて、すぐにじんわりと汗が滲《にじ》み出す。早くシャワーで汗を流したいと思いながら、人通りの少ない道を選んで、天神《てんじん》方面へと向かった。

那珂川《なかがわ》にかかる橋の手前の路地で、「千葉《ちば》さん！」と名前を呼ばれた。聞き慣れた声に振り向くと、コインパーキングに停まっている車の中から、待ち合わせていた相手が笑顔で私に手を振っていた。

私は辺りを見渡し、人がいないことを確認すると、小走りで車に近づいた。息を整えながら、車の中の人物に向かって小声で話しかける。

「なんでこんな人目につく所で待ってるの？　誰かに見られたらマズいよ。もしかして急用？」

私の驚きに反して、杉浦くんはいつものように穏やかな笑みを浮かべている。

「いえ。ちょうど近くを通って時間もあったから、ここで待ってみようと思ったんです。

見事ビンゴでしたね。さ、車に乗ってください」

「えっ、でも……」

杉浦くんは毎週月曜、水曜、金曜の三日間、朝会に出席するために私の会社を訪問する。でも、私は彼と必要最低限のやり取りをするだけで、うかつに近づきもしなければ、話しかけたりもしない。大学の後輩であることも黙ったままだ。だから、私たちがプライベートで会うような関係だと知っている同僚はいないと思う。

そんなふうに注意を払っているのは、もし同僚に杉浦くんのことをいろいろ聞かれたときに、上手くごまかせる自信がないからだ。そして、万が一、私たちの〝ある関係〟がバレてしまい、杉浦くんに会えなくなるようなことは絶対に避けたかった。

このことについて、杉浦くんと話し合ったことはないけれど、彼のほうも社内でむやみに声をかけてくるようなことはしない。だから私と同じように警戒しているのだと思っていただけに、こんな会社近くで待っていることが意外だったし、戸惑ってしまった。

そんな私の気持ちを察したのだろう。杉浦くんが安心させるように口を開く。

「心配いりませんよ。取引先の〝千葉さん〟を車に乗せても、別におかしいことじゃないでしょ？　何か言われたとしても、なんとでも言い逃れできます。ついでがあったのでどこかまで送ったとかね。外は暑いから早く乗ってください。パーキングもちょうど時間ですから」

その爽やかな笑顔につられるように、私は笑顔でうなずいた。そして、辺りをうかがいながら、乗り慣れている車の助手席に素早く乗り込んだ。

「ありがとう」

「いえ。それより今日は何を食べに行きますか？」

杉浦くんが車を発進させながら私に尋ねる。毎週木曜日は杉浦くんとふたりで過ごすことのできる唯一の時間だ。これが今朝から私が浮ついていた理由でもある。

こうして週に一度、同じ時間を過ごすようになったのは、杉浦くんが社会人になってからのことだ。一方で、それ以外の時間は、お互いの行動に一切干渉しないという暗黙の了解が私たちの間には存在する。

「うーん、暑いからさっぱりしたものがいいかなぁ」

「いいですね。ちょうど俺もそう思ってたんです。さっぱりしたもの……どこがいいかな……」

木曜日は週末を前にしているということもあって、店が混んでいることは少なく、たいていは予約せずに、その日の気分で行き先を決める。

いつものように杉浦くんはハンドルを握りながら、頭の中にインプットされた店を探しているようだ。

彼は運転が好きらしく、しかも上手い。そのハンドルさばきに見とれながら、やっぱりお肉も食べたいかなと思っていると、彼が「鶏肉なんかもいいですよね」と言ってきた。私は緩みそうになる頬を引きしめながら、「そうだね」とうなずいた。

こうして食べ物の意見が合うことが、私たちの間には頻繁にある。そのたびに彼と心が通じ合っているような気がして、嬉しい気持ちになるのだ。

「あ、そうだ。ぴったりの店、ありました。薬院《やくいん》駅の近くに宮崎《みやざき》の創作料理屋が最近できたみたいで、新鮮な野菜が食べられて、鶏肉料理も品数が多くて絶品らしいんです。さっぱりしたものもあると思うので、そこにしませんか?」

「宮崎料理、いいね。そこにしよう!」

「はい」

杉浦くんはいろいろな店を知っている。得意先の人と食事に行く機会が多いからだろうか。それとも、食べ歩きが趣味なのかもしれない。もしかしたら誰かとふたりで……。

真相はわからないけれど、私は好きな人と楽しくおしゃべりをしながら食事ができるだけで十分だ。

杉浦くんのお勧めで入った〝みやみや〟は、居酒屋ふうの店だった。入った瞬間、威勢のいい店員の声に出迎えられた。

店に入るときはいつも顔見知りがいないか、気にしてしまう。杉浦くんとふたりでいるところを誰かに見られたときに、ちゃんとごまかせるか不安なのだ。でも、そんな懸念はいつも杞憂《きゆう》に終わる。

みやみやの料理はどれも美味しく、当たりの店だった。杉浦くんが言っていたとおり、豊富なメニューを前にあれこれと悩みながら、私たちはお腹いっぱいになるまで食事を楽しんだ。

注文できなかったメニューがたくさんあったため、またふたりで来たかったけれど、口にはしなかった。もし恋人同士だったら、なんのためらいもなく言えただろう。

私たちは店を出ると、車を駐めてある薬院駅近くのコインパーキングに向かって川沿いの道を歩いた。路地に出ても人通りは少なく、駅近くとは思えないほど静かだった。日はすっかり水平線の向こうに沈んだというのに、時折、日中の暑さをまとった生ぬるい風が頬を撫《な》でる。

「梓《あずさ》さん」

ふいに杉浦くんに呼びかけられ、私は小さく肩を震わせた。

杉浦くんはふたりきりのときだけ、私のことをそう呼ぶ。これからの時間が頭に浮かび、鼓動が早鐘を打つ。そんな胸の内を悟られないように、感情を抑えながら私は、彼を見上げて首を傾げた。

「何？」

「今日、大丈夫ですか？」

杉浦くんは緊張した面持ちで、言葉少なめに意思を確認してきた。

私が小さくうなずくと、「よかった」と笑みをこぼし、その大きな手で私の手を包み込み、再び前を向いて歩き始めた。お互いの手のひらに汗がじわりと滲んで混ざり合う。

こんな夜を私は知っている。私に絡む彼の体温。身体にまとわりつくような熱のこもった空気。身体を熱くする高揚感……。夜の始まりの情景を思い出し、胸が甘く締めつけられる。

彼とは幾度となく一緒の夜を過ごしてきたけれど、いつになってもこの感覚に慣れることはない。あの日以来、彼と過ごす時間は私にとって、色褪《いろあ》せることのない大切なものだ。

杉浦くんと出会ったのは、桜の花びらが舞い散る春の日だった。

地元の八女《やめ》市を離れて、福岡市内の大学に進学した私は、サッカーサークルのマネージャーとして充実した大学生活を送っていた。大学三年生のとき、サークルの勧誘をしている際に、たまたまビラを手渡したのが、入学したばかりの杉浦くんだった。

話を聞くと、中学の頃からサッカーをしていたらしく、数日後には部室に彼の姿があった。人懐っこい性格で、すぐに仲間の中に溶け込んでいった。

当時の私は後に結婚することになるふたり――一緒にサークルのマネージャーをしている親友の美咲《みさき》と、私の小学生時代からの幼なじみで、美咲の彼氏であるサークルの中心人物の哲《てつ》くんとの三人で、よく講義の合間の空き時間を過ごしていた。そこに哲くんに気に入られた杉浦くんが加わるようになり、徐々に四人でいる時間が増えていった。

私は杉浦くんと特別仲が良かったわけではなかった。ただ、彼と他愛のない話をするだけで自然と笑顔になっていることが多かった。まさに〝波長が合う〟といった言葉がぴったりだった。

その頃、杉浦くんには高校の頃から付き合っている彼女がいた。うちのサークルでは三カ月に一度、OBの所属する社会人サッカーチームと試合をしていて、そのときに一度だけ私は杉浦くんの彼女を目にしている。

小柄で可愛らしくて、みんなが目を奪われるほど、魅力的な女の子だった。仲むつまじく寄り添うふたりは本当にお似合いで、今でも私の記憶に鮮明に残っている。

そんな彼女と杉浦くんが別れたらしいという話を美咲から聞いたのは、杉浦くんと出会ってから一年半後、照らすものすべてを焦がしそうなほど、太陽が空高く輝いていた夏の日のことだ。

その日は台風のために延期されていた大濠《おおほり》公園の花火大会が行われる日だった。この花火大会には、大学一年生の頃から、哲くんと美咲と私の三人で足を運んでいて、その年で観に行くのは四度目だった。

秋以降のスケジュールを組むために集まった蒸し風呂状態の部室を後にして、いったん浴衣に着替えに家に戻る道すがら、美咲が「そういえば……」と、思い出したように杉浦くんの破局のことを口にした。美咲が話し終えると、哲くんが「杉浦も誘って励ましてやるか」と言い出して、四人で花火を観に行くことになった。

花火は公園内の池の小島から打ち上げられる。私たちは最前列に陣取り、天を仰ぐように花火を見上げた。夜空に大きく花開く花火は圧巻で、池の周りに枝垂《しだ》れる青々とした柳と、ビルの隙間から頭だけ見える福岡タワーが花火に彩られて、見事な景色を描きだす。

杉浦くんはこの花火大会に来るのは初めてだったようで、頭上で弾ける花火と、その向こうにある星空をずっと楽しそうに観ていた。そんな彼の様子に、自然と私も自分の頬が緩むのを感じた。

　大濠公園に到着したときには、赤みを帯びて低く浮かんでいた満月は、花火大会が終わる頃には白く高く輝き、地上を明るく照らしていた。

　花火大会が終わって公園を去る際に、私と杉浦くんは人波にのまれて、美咲たちとははぐれてしまった。すぐにふたりとは連絡がついたけれど、途中で出くわした友達と飲みに行くことになったらしく、別々に帰ることになった。

　杉浦くんとふたりきりという予期せぬ事態に、急激に緊張感が押し寄せる。それを隠すように、美咲と哲くんは飲みに行ってしまったことを明るく伝えた。「帰ろう」と声をかけると、彼は切なげな表情を浮かべた。

「もしよければ、もう少し一緒にいてくれませんか？」

　杉浦くんが彼女と別れた寂しさを埋めるために、たまたま近くにいた私を誘っていることはすぐにわかった。

「もう少しって……」

「勝手なことを言ってるのはわかってます。でも、このままひとりになりたくないんです。……相手のいない者同士、慰め合いませんか？」

そんなことをしても、彼の虚しさは大きくなるばかりだし、そんな誘いに乗れば、自分自身も後悔することになるのはわかっていた。でも、私は彼を拒否することができなかった。

私に触れる熱い手。公園内の街灯が映り込む熱っぽく綺麗《きれい》な瞳。吐息を感じるほどの距離。そして、脳を痺《しび》れさせるほどの低く甘い声。それらは一年半もの間、私が心の奥底に無意識に閉じ込めていた杉浦くんへの想いを引きずり出していった。

杉浦くんのすべてにのみ込まれそうになっていると、「俺に触れられるの嫌ですか?」と彼が口にした。その瞬間、それまで抑え込んでいた彼に対する感情が心の中であらわになった。

嫌なわけがない。……好き。どうしようもないくらい、私は杉浦くんのことが好き。思えば、初めて会ったときからずっと、私は杉浦くんに惹《ひ》かれていた。穏やかな笑顔も、心地良く響く低い声も、何事にも真剣で真面目なところも、サッカーの試合でゴールを決めたときに見せる無邪気な笑顔も、ふいに見せる男らしいところも……。

一緒の時間を過ごせば過ごすほど、いろいろな表情を見せてくれる杉浦くんへの気持ちは大きくなっていき、もうずっと前から心の片隅で、彼のことを欲していたように思う。それでも彼女の存在があるからと、無意識にブレーキをかけていた心の壁を、杉浦くんはほんの数分で崩してしまった。

崩れてしまえばもう堕ちるだけ。そうなれば、今までの関係が壊れてしまうとわかっているのに、彼の甘美な誘いに対する私の答えはひとつしかなかった。

彼に触れたい。彼の熱を感じたい。たとえ、彼にとっては寂しさを紛らわすためだとしても、彼女の代わりだとしても、私はそれでよかった。

大きく膨らみすぎた気持ちは理性を遠くに押しやり、気がつけば私は、杉浦くんの誘いに「嫌じゃないよ」と答えていた。

そうして、杉浦くんの部屋で彼女の残り香を感じながら、私は初めて彼に抱かれた。


それが今でも続く、私と杉浦くんとの他人《ひと》に言えない関係——つまり、セフレの関係の始まりだ。杉浦くんと出会ってから七年半、初めて身体を重ねてから六年。お互いに社会人になった今でも、その関係は形を変えることなく続いている。

杉浦くんは私の想いを知らない。もし知られてしまえば、私たちの関係は終わってしまうかもしれない。だから、私は想いを隠したまま杉浦くんに抱かれ、そのたびに彼に溺れていくのを実感するのだ。

私が福岡で働くことを決めたのは、この街が好きで、会社に魅力を感じたこともあったけれど、少しでも長く杉浦くんと一緒にいたい気持ちが強かったからだ。その二年後、私にとっては幸運なことに、杉浦くんも福岡の企業に就職した。

ＩＴ関連の企業だと聞いたけれど、お互いの仕事やプライベートに干渉しない関係だから、それ以降、突っ込んだ話をすることはなかった。

だから、いつ転職したのかも知らなくて、去年の十一月、突然彼がＭＲとしてうちのオフィスに姿を現したときは、心底驚いてしまった。でも、その驚きはすぐ喜びへと変わった。なぜなら、彼の笑顔やスマートに仕事をこなす姿などを間近で見つめることができるからだ。

そんな目に見える部分も素敵だと思うけれど、私は彼の穏やかな雰囲気や性格に一番魅力を感じている。彼は私の中でずっと特別な存在であり、大切な人なのだ。

それまで会うのは不定期だったけれど、彼がうちの会社に訪れるようになってからは、毎週木曜日に会うことに決めた。水曜でもなく金曜でもなく、木曜にしたのは、単にお互いに時間が取りやすかったからにすぎない。

セフレの関係とはいえ、会うと必ず身体を重ねるわけではなかった。食事をして終わりという日もある。女の事情もあるし、お互いの気分もあるから、その都度、確認し合う。そんなふうにまるで恋人同士のようにお互いの気持ちを思いやってきたからこそ、続いてきたと思うし、これが私たちのベストな形だと信じている。

杉浦くんが学生の頃は彼の部屋で会うことが多かったけれど、彼が社会人になってからは部屋を訪ねたことはない。取り決めたわけではないけれど、自然と外で会うようになっていた。今ではお互いの住んでいる場所すら知らない。

杉浦くんの日常を感じられる唯一の場所に行けなくなった寂しさに加えて、距離を置かれていることに虚しさを感じていた。でも、そうした想いが頭をもたげるたびに、「恋人じゃないんだから当然だよ」と自分に言い聞かせてきた。

杉浦くんの性格を考えると、私と関係を続けている今はまだ、特定の彼女はいないと思う。だから、私が杉浦くんの部屋に呼ばれなくなったのは、いつか大切な人が現れたときに、後腐れがないようにするためなのだろうと理解している。

私は杉浦くんに恋人がいるかどうかを知る立場にないし、怖くて知りたいとも思わない。いずれにしてもこの関係を自分から終わりにするつもりはない。たとえ、悪い女、バカな女だと罵《のの》られたとしても、杉浦くんが私のことを求めてくれている限り、彼と一緒にいたい。

今日杉浦くんが連れて来てくれたのは、桜坂《さくらざか》の高台にあるホテルだった。ここに来るのは初めてで、その素敵な外見だけでテンションが上がった。

部屋に入ると、スイートルームほどの広さはないものの狭くはなく、お洒落なベッドやデスク、壁紙、間接照明などがバランスよく設置されていた。

でも、それ以上に私の目を引いたのは、レースのカーテン越しに見える光だ。カーテンを開けると、黒曜石の上に宝石を散りばめたかのような、キラキラと煌《きら》めく夜景が広がっていた。

「すごく綺麗……」

私は窓に張り付くようにして、外に広がる景色に夢中になる。

「あっ、福岡タワーも見えるよ！　手で掴《つか》めそうなくらい小さい！」

目にしたことのない景色に、年甲斐《としがい》もなくはしゃいでいると、背後からクスクスと笑い声が聞こえた。我に返って振り向くと、スーツの上着をハンガーに掛けて、ネクタイを緩める杉浦くんの姿があった。

「よかった」

「えっ？」

「気に入ってもらえたみたいだから」

杉浦くんは器用に片手でシャツのボタンを上からひとつ、ふたつと外しながら、私の方へ近づいてくる。普段はシャツの下に隠されている鎖骨がセクシーで、胸の動悸《どうき》が激しくなっていくのが自分でもわかる。

杉浦くんが隣に立つと、私は彼を見上げて笑顔を向けた。

「うん。すごく素敵。ありがとう」

「いえ。どこですか？　タワー」

「あ、うん。あそこ」

「ほんとだ。こんなふうに遠くから見ることってないから、なんだか新鮮ですね」

窓についていた私の左手に、杉浦くんが自分の手を重ねる。そして、もう片方の腕を背後から私の腰に回し、胸の中に私を包み込んだ。

緊張して私がうつむき加減に身体を硬くさせると、杉浦くんが小さく笑った。その息が耳元をくすぐり、私は身体を震わせて反応してしまう。

ほんの少し触れられただけなのに、身体がたちまち熱を持っていく。私はごまかすように、夜景に視線を向けた。

「あ、アウトレットの観覧車も見えるね。イルミが綺麗……ひゃっ！」

杉浦くんが私の耳に唇を寄せてきて、私は声を上げて肩を震わせた。

「可愛い。梓さん」

後ろを振り返ると、杉浦くんが笑みを浮かべて私のことを見つめている。

たとえ本心でなくても、好きな人に「可愛い」と言われて、嬉しくない女はいない。関係を結んでから、杉浦くんの私に対する接し方は変わった。ふたりになると、まるで恋人に言うようなセリフを彼は惜しげもなく私に投げかけてくれる。それが偽りの言葉だと頭では理解していても、私は翻弄され自惚《うぬぼ》れてしまうのだ。

私も杉浦くんのことを見つめ返すと、ゆっくりと彼の顔が近づいてきた。唇が触れ合う。私は望んでいたぬくもりに、彼の首に腕を回して抱きつき、もっと欲しいとキスをねだる。

何度か唇を食《は》まれた後、顔が離れ、ふたりで見つめ合う。

「夜景ではしゃぐなんて、子どもっぽかった？」

「そんなことありませんよ。素直に可愛いな、って思いました。食べちゃいたいくらい」

杉浦くんはそう答えると、私の首筋に顔を埋める。首元の開いている服を着ているせいで、彼の熱がダイレクトに伝わってきて、思わず声を漏らした。

その行為はとどまる気配を見せず、首筋に触れる彼の唇の熱も、やわらかさも、私を抱きしめている手の動きもすごく心地良くて、夜景のことはあっという間に頭の中から消えてしまった。

ふいに杉浦くんが動きを止め、呟《つぶや》くように言った。

「俺もちょっとはしゃいでるかな」

「え？」

「今日で丸六年ですからね」

杉浦くんの言葉に、喜びが溢《あふ》れ出す。初めて私たちが身体を重ねてから、六年を迎えたことを、彼も覚えていてくれたのだ。

「梓さん、顔を見せて」

杉浦くんが私の両肩を掴んでのぞき込む。その瞳は色気を宿していて、心臓が再び大きな音を立てる。

彼は私の肩から右手を離すと、頬や唇の形を確かめるように撫でた。不思議に思って、「どうしたの？」と尋ねると、優しい笑顔が返ってきた。

「出会った頃は可愛いって感じだったけど、綺麗になりましたよね。本当に」

突然飛び出した甘いセリフに心が大きく揺れる。

「何、急に変なこと言って」

「変なことじゃないでしょ。本当のことですよ」

「杉浦くん……」

なんとなくいつもと様子が違う気がして、私は杉浦くんの頬に手を伸ばし、そっと触れた。男の人なのに、女の私よりも綺麗な肌をしていて、いつもうらやましく思う。

そのまま杉浦くんの肌を撫でるように手を伸ばして髪に触れた瞬間、彼は私の腰を引き寄せて、耳元で甘く囁《ささや》いた。

「そろそろおしゃべりは終わりにしましょうか。梓さん、いいですね？」

その甘すぎる声を合図に、彼は私の服の中に手を滑り込ませた。指先で肌をなぞられ、そのまま流されてしまいそうになる。

「あっ、杉浦くん！」

「なんですか？」

「あのね、私、シャワー浴びたい」

暑さのせいで、ここに来るまでにずいぶん汗をかいていたことを思い出す。でも、彼は私の身体を離そうとしない。

「このままでいいですよ。もうスイッチ入っちゃったし、俺はまったく気にしませんから」

「や、でも……お願いだから……ねっ？」

腕を掴んで抜け出そうと私が身体をよじらせると、ふと彼の腕の力が緩んだ。見上げると、不服そうな顔をしている。

「そんなにシャワー浴びたいんですか？」

「うん！」

「……仕方ないですね。わかりました」

　意外とあっさり折れてくれたことに安堵《あんど》した途端、彼の口元が意地悪く弧を描いた。

「じゃあ、俺も一緒に」

「えっ？」

「梓さんに誘われたら、断れないでしょう？」

「誘ってなんか……。っていうか、一緒なんて恥ずかしいから無理だよ……」

「お願いを聞くのは一回までです。梓さんのシャワーを浴びたいっていうお願いはちゃんと聞いてあげますから。さ、行きましょう」

　杉浦くんは強引に話を進めながらも、すごく楽しそうだ。きっと、からかっているのだろう。だから、私は躍起になって逃げようとする。

「じゃあ、杉浦くんが先にバスルームに行って」

「どうせ一緒に入るのに、別々に行く意味がわかりません」

「でも……」

「ほら。時間がもったいないですよ。今からたっぷり楽しいことするんだから。梓さんも楽しみにしてたんでしょ？」

突然、杉浦くんが私の身体を持ち上げた。ロマンチックなお姫様抱っこのような持ち上げ方ではない。直立したまま強引に宙に浮かされている状態だ。バランスを崩しそうになった私は慌てて彼にしがみついた。

「杉浦くん、下ろして」

「ん？　服を脱がせてほしいって？」

「そんなこと、ひとことも言ってないよ！」

「はいはい。そんなに必死に抱きつくなんて、よほどバスルームに連れて行ってほしいんですね」

「もう！　杉浦くんの意地悪っ‼」

「どうとでも言ってください」

断固拒否しようとしたにもかかわらず、杉浦くんはおかしそうに笑うだけで、私の願いを聞き入れてくれることはなかった。

結局、そのままなだれ込むように、ふたりでバスルームに入った。

バスルームの明るさと杉浦くんが私に与える刺激のせいで、身体中の血液が沸騰してしまいそうなほど熱くなり、危うくのぼせそうになる。もちろんそうなってしまう前に、杉浦くんは私をバスルームからベッドへ連れて行ってくれた。

それからは、杉浦くんから浴びせられる甘い言葉と熱情にただ溺れていくだけだった。

杉浦くんにとって私は、自分の欲を満たし熱を放出させるだけの存在なのだろう。そこに心はなくても、私はこのぬくもりを手放したくない。この時間が永遠に続いてくれることを願っている。こうして触れ合っているときだけは、彼もきっと私のことだけを感じてくれていると思うから。

たとえあなたが私のことを好きじゃなくても……それでも私は、この熱を感じられるだけでいい。

朝日が街を照らす中、杉浦くんの運転する車に私は乗っていた。金曜日の朝はいつも、私が住んでいるマンションの最寄りとなる箱崎《はこざき》駅まで送ってくれる。

いまだに夜を共にした朝は照れくさくて、彼の顔を真っすぐ見ることができない。だから、いつも私は車窓を流れていく景色を見ながら、昨日の余韻に浸る。

赤信号で車が停まると、目の前の横断歩道を、高校生のカップルが手を繋《つな》いで笑い合いながら通り過ぎていく。微笑ましい光景に頬を緩めたとき、ふと心が揺らいだ。

今のまま過ごしていれば、私はこれからも杉浦くんの熱を感じることができるだろう。

でも、堂々と彼と手を繋いで街を歩くことはできない。このままずっと、他人には言えない関係を続けていくことに、私にとっての幸せはあるのだろうか……。

いったん考え始めると、不安は大きくなる一方だった。その波にのみ込まれる前に、車は箱崎駅に到着した。

「じゃあ、梓さん。また」

杉浦くんの声で現実に引き戻される。彼は私の大好きな笑顔を向けてくれていた。その笑顔を見た瞬間、揺れていた心が落ち着きを取り戻す。どんな関係であろうと、やっぱり私は彼のことが好きだ。

だから、この関係を簡単には手放せない。彼のそばでこの笑顔を見ることが、私の一番の幸せなのだ。

杉浦くんにお礼を言い、車を降りる。私が小さく手を振ると、車はゆっくりと走り出した。そのまま見えなくなるまで見送った。

今日は杉浦くんが営業の朝会に訪れる日だ。会社に行けば、また彼に会える。いい一日が待っていそうだ。

そんなことを思いながら、私はマンションに向かって歩き出した。

翌日の土曜日。飲食店やお洒落なショップが所狭しとひしめき合う大名《だいみょう》エリアの一角にある創作料理店〝しおさい屋〟に私はいた。

今日は美咲との女子会の日。私たちは大学を卒業してから、年に何度か顔を合わせて、お互いの近況を報告し合っている。

美咲は明るめのブラウンに染めたロングの髪にゆるふわパーマをかけ、顔のパーツを際立たせるメイクをしている。彼女のファッションセンスは抜群で、今日はスタイルの良さが強調されるようなローズレッドのマキシ丈ワンピースに、オフホワイトのサマーベストを重ねている。そして夏らしいターコイズのアンクレットを着けた足元には、ピンヒールのサンダルを合わせ、涼しげな印象だ。

私のほうはといえば、オーガニックコットンの生地に大きな花がプリントされたワンピースに、ショート丈のパーカを羽織っただけのシンプルなファッションだ。

「ねぇ、哲くんは元気にしてる？」

「あのバカ夫から元気を取ったら何も残らないわよ。そんなことより、バカって言ったらあんたたちでしょ」

美咲はグラスの中の氷を涼しげな音を立てて回しながら、清潔感のあるネイルを施した指先を私に向けた。その表情は険しく、私は作り笑いを浮かべることしかできない。

「ねえ、〝理性〟って言葉の意味知ってる？　〝野性〟じゃないわよ。り・せ・い！　それともやっぱり、バカなの？」

この言葉をこの六年間で何回聞いたことだろうか。

「やっぱりバカなのよ。絶対、そう！」

「……ね、美咲。バニラアイス、ひと口食べる？」

「うん。食べる」

不服そうな顔をしたまま、美咲は私の差し出したバニラアイスの載ったスプーンを口に入れた。その冷たさと甘さに少し落ち着いたのか、「まったく、もう」と彼女は大きく息を吐き、私のことを強い眼差しで見た。

「梓。杉浦くんとのこと、終わりにする気はないの？」

美咲に向かって、私は六年間ずっと変わらない答えを口にする。

「……うん」

「もう。いくら好きだからって、身体だけの関係なんて虚しいだけじゃない」

「そうかもしれないけど……」

美咲は大学の頃から、私と杉浦くんの関係を知っている。関係が始まってしばらくした頃、私たちの間に漂う空気の変化に気づいたようで、問い詰められたのだ。

初めはぐらかしていたけれど、本気で心配してくれていることが伝わってきて、根負けした私は美咲にすべてを話した。でも、このことは杉浦くんには話していない。誰かひとりにでも知られてしまったらこの関係をやめようと、彼から言われそうな気がして、話せないままでいた。

「梓のためだから聞くけど、ちゃんと避妊はしてくれてるのよね？」

「うん、それは大丈夫。ちゃんとしてくれてるよ」

「子どもができて一番悩むのは梓なんだからね。梓も杉浦くんも、どこかのほほんとしているところがあるから心配なのよ。……いや、待って。本当にのんびりした性格なら、こんなバカな真似はしないはずじゃない！　私、騙《だま》されてる？　もーっ！」

美咲がパーマをかけたばかりだという髪をかきむしる。こうした美咲の姿を何度見たかわからない。それだけ私は彼女に気をもませているのだ。

「ねぇ、杉浦くん、本当に何も言ってこないの？」

「……うん。特に何も」

「あの杉浦くんが好きでもない相手を抱くなんて信じられないんだけどな……って、これが騙されてるってことなの？　もう、たち悪い！」

本当に騙しているのは、〝好き〟という気持ちを隠したまま関係を続けている自分のほうなのにと思う。でも、それを口にすると、虚しくなる気がしてやめた。

「正直言うと、あんまり杉浦くんが優しいから、勘違いしそうになることは多いの。もしかして、って思うこともある」

「梓がそう感じてるなら、そうなんじゃないの？」

「でも、こんな関係を六年も続けてるのに進展がないのは、杉浦くんにその気がないってことだと思う。結局私は杉浦くんにとって、そういう存在でしかないんだよ」

大学を卒業するまでは彼の部屋にも呼んでくれていたし、いつも本当の彼女のように優しく私を抱いてくれる。だから、杉浦くんも私のことを好きでいてくれているのかもしれないと思ったことは何度もある。

でも、冷静になって考えると、食事をして、抱き合って、終わり。恋人同士のような甘い言葉もたくさんかけてくれるけれど、「好き」と「愛してる」だけは、彼の口から聞いたことがなかった。休みの日にデートに誘われるようなこともない。だから私は、この関係に期待してはいけないと悟ったのだ。

それでも杉浦くんと一緒にいられて、彼を感じることができるなら、たとえ彼の心が私のものにならなくてもいいと思っている。

「もし杉浦くんに彼女ができたらどうするの？　梓はそれでも今の関係を続けるつもり

なの？」

「もし彼女ができたら、私の意思なんて関係なしに、用済みになると思う」

「どういう意味？」

「杉浦くんは大切な人がいるのに、ほかの女の人とそういうことを続けるような人じゃないと思うから。きっと今は相手がいないから、私とこんな関係を続けてるだけ。熱を感じ合える相手なら誰でもいいんだと思う。それがたまたま私だっただけで……」

　杉浦くんに彼女ができたら、きっとこの関係は終わる。そのとき、すがりつくのは私のほうだ。

「そうなる前に自分の気持ちを伝えようとは思わないの？　もしかしたら、いい方向に進むかもしれないじゃない」

　美咲が真剣な表情で、私の目を見つめる。

　自分の気持ちを伝えることは、杉浦くんとの関係に終わりを告げるのと同じだ。告白してしまえば、後腐れのないセフレの関係は成立しないし、サークル仲間という関係すら壊しかねない。

「どこかでけじめをつけなくちゃいけないことはわかっているの。でも告白しても上手くいく自信はないいし、何よりも杉浦くんと離れたくない……」

「梓は考えすぎ。ほんと不器用だよね。上手くいかなかったときのことなんて考えてたら、自分の気持ちなんて伝えられないよ」

「不器用なんて可愛いもんじゃないよ。私はズルい人間なの。甘えてるだけなの」

何も言わなければ、好きな人に甘い言葉をかけてもらえ、優しく触れてもらえる。この関係に特別な感情を抱くのはルール違反なのに、私はそれを隠しながら自分の欲のためだけに関係を続けている。杉浦くんを騙しているのと同じだ。

「私は梓の味方だけど、杉浦くんとのことは別だからね。セフレの関係なんて間違ってる。そんなものはさっさと終わりにして、真正面から気持ちをぶつけるべきよ。たとえつらい結果になったとしても、自分の幸せのためにちゃんと前に進まなきゃ」

「美咲……」

思ったことを面と向かって口にしてくれる相手は、年を重ねていくほど減っていく。こうして私の話に真剣に付き合ってくれる美咲は、かけがえのない存在だと改めて思う。

「いつも心配かけてごめんね」

「ううん。それはいいの。私はただ梓に幸せになってほしいだけなのよ」

「わかってる。本当にありがとう。でもね、もう少しだけこのままでいたい。杉浦くんから終わりにしようって言われるまでは、そばにいたい。それが私の幸せなの」

訴えるように気持ちを伝えると、美咲はあきらめたように大きくため息をついた。

「もう。ほんと、仕方のない子なんだから。一途なところは梓らしくていいと思うけど、そのせいで苦しむ姿を見るのは嫌だからね」

「美咲……」

「話ならいつでも聞くから、絶対にひとりでため込んじゃダメよ」

「……うん。ありがとう」

美咲は私の言葉にうなずくと、私の手を強く握った。幸せを願ってくれている想いが、美咲の手のぬくもりから伝わってくる気がした。

でも、今以上に幸せになれる方法なんて、私にはわからない。

多くは望まないから、どうか少しでも長く、杉浦くんのそばにいられますように……。

第二章　誰にも取られたくない

冬の足音が聞こえ始めた十一月。週末は澄み切った青空が広がっていたというのに、今日は朝からあいにくの雨。こんな日はバスの乗客がぐんと増える。それが月曜日ともなればなおさらだ。

私は混んだバスに乗りたくなくて、通勤ラッシュを迎える前に家を出た。

おかげで普段より三十分ほど早く会社に到着した。始業まで時間があるのでスマホでニュースをひととおりチェックした後、ハンドメイドの作品を販売している最近お気に入りのアプリをのぞいていると、先に出社していた樋口さんから声をかけられた。

「始業前なのに悪いんだけど、ちょっと頼んでもいい？」

「はい、もちろん構いませんよ」

「よかった。この資料にある商品の在庫を、下の倉庫に行って確認してきてほしいんだ。

在庫のあるものは確保、不足しているものはすぐ発注してもらえるかな。別件でどうしても手が離せなくて」

「わかりました」

「ありがとう。助かるよ。よろしく！」

そう言って、樋口さんは私に笑顔を向けると、急いで自分のデスクに戻っていった。

樋口さんは私より三つ年上で、営業部の医薬品グループのリーダーを務めている。みんなからの信頼は厚く、営業事務の私にとっても頼りになる先輩だ。

私はスマホをバッグにしまうと、すぐに席を立った。

長い廊下をエレベーターホールに向かって歩いていると、エレベーターの前から杉浦くんと今年四月に入社した西野《にしの》さんがこちらに歩いてくるのが見えた。きっと同じエレベーターに乗って上がってきたのだろう。ふたりとも笑顔で楽しそうに話している。

なんだか私は顔を合わせたくなくて、とっさに近くの休憩室に身を隠した。人気《ひとけ》のない休憩室は寒々としていて、天気予報でこの雨を境に気温が下がると言っていたことを思い出す。電気もつけずに息を潜めていると、ふたりの明るい声が近づいてくる。

「本当に美味しかったです！」

「そうですか。それはよかったです」

「特にデミオムライス！　あんなに美味しいの食べたの、初めてです」

「あぁ、僕もそれ、好きですよ。ソースはコクがあって美味しいし、あそこのは、卵を崩したときにとろけてくるチーズがたまらないんですよね」

「そうなんです。私もチーズに感動しちゃって、デミグラスソースもほっぺが落ちちゃうかと思うくらい、すごく美味しかったです！」

総務部だった西野さんが営業事務に異動になったのは九月のことだ。明るい性格で気配りもでき、仕事覚えも早い。先輩の私から見ても、非の打ちどころのない子で、受発注対応や伝票処理に加えて、来客応対も任されている。そのため、オフィスに訪問してくるMRと話をする機会は当然多い。

「杉浦さんがオススメしてくれたお店、二軒とも最高でした。友達と一緒に行ったんですけど……あ、女の子なんですけど、その子もすごく気に入ってました。また美味しいお店教えてください！」

「はい。今度、またリストアップしておきますね」

「嬉しいです！　ありがとうございます！」

ふたりが仕事で接触するようになってからまだ二カ月しか経っていないというのに、こんなに親しげに会話をしているのは、相当仲良くなっている証《あかし》だろう。

　とはいえ、営業事務は医薬品などの専門家ではないため、来客者に対して雑談で場を和ませることのほうが多い。だから、ふたりの会話も特別なことではないのに、気持ちがざわついて仕方がない。

「あの、杉浦さん」

「なんでしょうか？」

　廊下に響いていた足音が消えた。西野さんに名前を呼ばれて、杉浦くんが立ち止まったのだろう。おそらくこの部屋のすぐ手前だ。

「もしよかったら、今度一緒にお食事に行きませんか？」

「え？」

「もっとたくさん杉浦さんのオススメのお店を教えてほしいし、私、杉浦さんとお話するのが本当に楽しいんです。それに……杉浦さんのことをもっと知りたいんです。ダメですか？」

　西野さんがストレートに杉浦くんを誘った。彼女が杉浦くんに好意を持っているのはもはや明白だ。

　好きな人のことを知りたいと思うのは自然なこと。彼女の声色や言葉から、杉浦くんとの距離を縮めたいという気持ちが伝わってくる。

杉浦くんは彼女の想いをどう感じているのだろうか。胸が苦しい。そう思った次の瞬間響いた杉浦くんの声に、私の目の前は真っ暗になった。

「はい。もちろん、構いませんよ」

「本当ですか⁉　嬉しいです！」

「特に面白い人間ではないと思いますけど、それでもよければ」

「そんなことありません！　杉浦さんのお話、いつも楽しいです」

「そう言っていただけて、光栄です。ありがとうございます」

ふたりの会話は続いているのに、私の耳には届いていなかった。まるで自分の周りの空間だけが切り取られ、時間が止まってしまったかのようだった。

杉浦くんはどういう気持ちでＯＫしたのだろう。もしかして、西野さんのことが好きなのだろうか。

以前、美咲に〝もし杉浦くんに彼女ができたらどうするの？〟と聞かれたことを思い出す。あのとき、たしか私は〝私のことは用済みになるよ〟と答えた。今聞かれても、きっと同じように答えるだろう。

だからこそ私は、杉浦くんに好きな子ができないように願ってきた。そうすれば、私と彼との関係は変わらずに続いていくように思えたからだ。

でも、そんな勝手な想いがいつまでも叶うわけがない。私の知らないところで、何かが変わり始めているのかもしれない。

いつかはその日が来ると覚悟していたはずなのに、私は心のどこかで、関係が変化するのはまだ先のことだと、都合よく思い込もうとしていたことに気づかされる。

私は無意識に、持っていた資料を胸元に押しつけ、拳を強く握り締めていた。

杉浦くんとの関係が終わるなんて嫌。杉浦くんから離れたくない……。

「杉浦さんと食事に行けるの、楽しみにしてます！」

「はい。僕も楽しみにしてますね」

いつもなら聞けば安心するはずの杉浦くんの声が私の胸に痛みと苦しさを残して、ふたりは去っていく。笑い声は徐々に遠のき、やがて廊下は無音になった。

涙を堪えながら休憩室を出ると、私は振り向きもせず、エレベーターホールに向かって誰もいない廊下を再び歩き出す。自分の足音と心臓の音だけがうるさく響く。目の前の景色がかすかに揺れていた。

倉庫に到着し、管理担当者に医薬品の在庫を確認してもらっている間、私は勧められるまま椅子に座っていた。テーブルの上に置いてあった医薬品メーカーのパンフレットを開いてみても、頭の中は杉浦くんと西野さんのことでいっぱいで、文字を追う気にはなれなかった。

　ふたりは取引先の相手として仲良くしているだけだ。そこに恋愛感情なんてあるわけない。きっと私の思い過ごしなんだ――。そう自分に言い聞かせてみても、苦しさや不安が消えることはなかった。

　奥から管理担当者が戻ってくると、私は慌てて笑顔を作って立ち上がった。リストにあった医薬品はすべて在庫があるとのことなので確保をお願いし、重い足取りでオフィスに戻った。

　朝会は解散になっていて、すでに杉浦くんの姿はなかった。再び寂しさが込み上げる。でも、姿があったらあったで余計につらく感じたかもしれない。これ以上考えたくなかった私は、昨日営業から頼まれた、薬局に提出する資料作りにひたすら集中した。

その薬局の周辺には総合病院や胃腸科の病院があって、そこに新たに来年の一月、産婦人科の病院が移転してくるらしく、そのための提案資料だ。

　医薬品管理ソフトからデータを抜き出した後、効能ごとに価格などの情報をまとめていく。効能が同じだとしても、子ども、大人、妊婦など、対象者によって処方すべき薬の種類は異なってくる。記載ミスのないよう細心の注意が必要になる。

　医薬品の種類は膨大で、その数も日々増えていく。営業の人たちの頭の中には、つねにそうした最新の医療関連情報がインプットされていて、得意先の医師や薬剤師から尋ねられれば、的確に回答するというのだから本当に尊敬する。

資料作りが半分ほど進んだところで、「千葉さん」と、背後から声をかけられた。振り向くと、西野さんが立っていた。

「お疲れさまです。今、お時間ありますか？」

彼女の笑顔を見た瞬間、頭の片隅にしまっておいたはずの今朝の記憶がよみがえる。胸が締めつけられるけれど、どうにか笑顔を向けた。

「お疲れさま。大丈夫だよ。どうしたの？」

「この発注内容なんですけど」

目の前に差し出された用紙には、医薬品の名前が記載されている。私が以前担当していた受発注関連の仕事は現在西野さんが担当しているため、彼女はよく私に質問や相談をしにくる。

話を聞くと、ある医薬品の発注量が前回に比べて大幅に増えていて、不審に思って相談にきたとのことだ。

「この医薬品は今の時期から取引が多くなるから、間違いではないと思うよ。でも、営業の人にも確認しておいたら安心だと思う」

「なるほど……発注量って季節も関係してくるものなんですね。わかりました。確認してみます。今回みたいに発注内容に疑問を感じたとき、その都度、営業の人に確認したほうがいいですよね？　ただ、わざわざ聞くのも迷惑かなって、ためらっちゃって……」

「私も最初の頃は同じことを思ってたけど、間違えて注文して在庫を抱えるほうが後々問題になるから、わからないことがあれば必ず誰かに確認してね。私で答えられることなら答えるから、いつでも聞いて」

「ありがとうございます！　まだまだ至らないところがあってご迷惑をおかけすると思いますが、よろしくお願いします」

西野さんの弾けるような笑顔に、複雑な気持ちになる。性格も素直で真面目で、本当にいい子だ。彼女の笑顔と杉浦くんの優しい笑顔が並べば、誰が見てもお似合いだろう。

考えたくないのに、ふたりが仲むつまじく微笑み合っている光景が頭に浮かぶ。まるで心臓を鷲掴《わしづか》みされたような痛みが走る。

そんな私の負の感情に気づくはずのない西野さんは笑顔で頭を下げ、自分のデスクへと戻っていった。シフォンのスカートを揺らしながら歩く姿は女の子らしくて、男の人ならきっと守ってあげたいと思うだろう。

思わずため息をつきそうになったとき、デスクの電話が鳴り、私は現実に引き戻された。表示を確認すると携帯番号だった。きっと営業の誰かだろう。

私は小さく息を吐くと、受話器を手に取った。


これまで水曜の朝といえば、朝会に訪れる杉浦くんの姿を密かに目に映し、心のエネルギーを補充していた。けれど、一昨日の件があったせいで、今日は別のところに意識が向いてしまう。

「杉浦さん、おはようございます！」

「おはようございます。西野さん」

思えば最近、杉浦くんがオフィスに現れると、西野さんが出迎えに席を立ち、そのまま楽しそうに話をする姿をよく目にしている気がする。西野さんは続々と訪れる他社のMRたちにも挨拶をするけれど、駆け寄るのは杉浦くんのときだけだ。

初々《ういうい》しい恋心がふたりのまとう空気に漂っているように感じられて、私はうつむいた。

これから先も二日に一度、こんな光景を目の前で見せられることになるのだろうか。

フロアに飛び交うさまざまな会話から、杉浦くんと西野さんの声を無意識に拾ってしまう自分が嫌になる。いたたまれなくなった私は、オフィスの奥にあるカフェサーバーに向かった。

明日の夜、これまでどおりに杉浦くんと顔を合わせることができるだろうか。取り乱してしまいそうで不安になる。

でも、まだ私たちの関係に何か変化が起きたわけではない。きっと杉浦くんはいつものように私を抱いてくれるだろう。彼に触れることができれば、不安なんて吹き飛んでしまうはずだ。

私は図々しくもそんな期待をしながら、カフェサーバーから落ちてくるコーヒーを見つめていた。


翌日、木曜日の朝。私は珍しく会社の上階にある会議室にいた。

ことの発端は昨日の夕方だった。営業先からオフィスに戻ってきた樋口さんに「明日の朝会の後に新薬の説明会があるから参加してみないか?」と誘われたのだ。

現在、私が担当している仕事は、医薬品の細かい知識がなくてもこなせるものだ。営業のサポートに回ったのも今年のことだし、当面困りはしないだろう。でも、「今後のためにも医薬品の知識を持つことは無駄じゃないし、営業資料を作成するうえでも必ず役立つから」という言葉に、私は二つ返事でうなずいた。

樋口さんからは話を聞いているだけで大丈夫だと言われたものの、場違いな気がして緊張で落ち着かない。

「そんなにそわそわしなくても大丈夫よ」

一緒に説明会の準備をしていた飯島《いいじま》さんが優しく声をかけてくれた。

飯島さんは私が入社したときからお世話になっている四つ上の営業事務の先輩だ。彼女は営業のサポート業務に加えて、病院や薬局の経営コンサルティング業務も担当している。私が今の仕事を任されるようになったのは、飯島さんがコンサルティング業務に集中できるようにするためだと聞いている。

「説明会に参加するのは初めてで……。楽しみにはしてるんですけど、やっぱり緊張します」

「最初は仕方ないわよ。でも、気負わなくても大丈夫よ。MRさんって話の上手い人が多いし、うちの営業からの質問も勉強になるから、聞くだけでも面白いと思うわ」

飯島さんのおかげで少し緊張がほぐれかけたとき、会議室のドアがノックされた。

振り向いた私は思わず息をのんだ。姿を現したのは爽やかな笑顔を浮かべた杉浦くんだったからだ。

「おはようございます。本日説明会の担当をさせていただく、村居製薬の杉浦です。よろしくお願いいたします」

「おはようございます。よろしくお願いします」

飯島さんと挨拶を交わした後、杉浦くんの視線が私に向けられ、彼も一瞬驚いた表情を見せた。でも、すぐに営業スマイルを浮かべ、私に挨拶をした。私も慌てて頭を下げた。

まさか杉浦くんが説明会の演者であるとは思いもしなかった。まして今日は普段顔を出すことのない木曜日だ。

いつもは彼の姿を密かに視界の端に映すことしかできないけれど、短い時間とはいえ、今日は人目を気にせず、堂々と顔を向けることができる。そう思うだけで、やる気がみなぎってくる。

気がつくと、飯島さんが杉浦くんのノートパソコンをプロジェクターに繋ぐ手伝いをしている。私は綻《ほころ》びそうになる顔を引きしめ、すぐに手伝いに入った。

続々と営業の人たちが集まってきて、準備を終えた私も一番端の席に着く。まもなく杉浦くんが壇上に立ち、説明会が始まった。

四十分という短い時間だったけれど、具体的な症例なども盛り込みながらの進行で、医薬品の知識に乏しい私にもわかりやすい説明だった。

その後に行われた質疑応答では、かなり突っ込んだやり取りが行われているようで、知識の豊富な営業にとっても充実した内容だったようだ。質問がたくさん飛び交ったこともあって、予定より十分ほど長引いたけれど、そのことに文句を言う人はひとりもいなかった。

説明会の内容はもちろんのこと、杉浦くんの堂々とした態度、聞き取りやすい声、質問に淀《よど》みなく答える姿などどれも素晴らしくて、私はすっかり魅了されてしまった。今まで知らなかった彼の一面を知ることができて、内心興奮していた。

「すみません。プロジェクターの片づけまで手伝っていただいて」

「いえ。構いませんよ」

気がつけば、会議室には、私と杉浦くんだけが残っていた。一緒に準備をした飯島さんは打ち合わせがあるとのことで、ひと足先に営業の人たちと一緒に下のフロアに戻っていった。まさか会議室で杉浦くんとふたりきりになるとは想像していなくて、私はさっきまでとは別の緊張感を覚えていた。

パソコンと資料の片づけを終えたところで、杉浦くんはひと目で使い込まれているとわかるお洒落なブラウンのビジネス手帳をバッグから取り出し、スケジュールを確認しているようだった。

きっと、これから病院回りなどで忙しいのだろう。まだ紙コップや椅子の片づけが残っているけれど、先に出てもらおうと思い、声をかけた。

「杉浦さん、あとは私が片づけておきますので、先に出ていただいて結構ですよ。説明会、お疲れさまでした」

会社で杉浦くんと話すとき、私は彼に敬語を使うようにしている。なぜなら、普段どおりに話してしまうと、どこから綻びが生じるかわからないからだ。たとえその場に人がいなくても、徹底しておかないとつい口を滑らせかねない。

杉浦くんは手帳をバッグにしまいながら首を横に振る。

「いえ、まだ時間もありますし、手伝わせてください」

「大丈夫です。これも私の仕事ですから。任せてください」

「そうですか。では、お言葉に甘えさせていただきます。ありがとうございます」

説明会のときとは打って変わって、杉浦くんはやわらかな笑顔を浮かべた。その表情は安堵しているようにも見えた。きっと、緊張していたのだろう。そう思うと、この場で素直な感想を伝えておきたかった。

「杉浦さん、ひとつだけいいですか？」

「はい。なんですか？」

私の呼びかけに杉浦くんは首を傾げる。

「私、初めてこういう説明会に参加したんですけど、すごくわかりやすかったです。さすがに全部理解するのは無理でしたけど、具体的な話も聞けたし、とても勉強になりました。参加して本当によかったです」

「そうですか。そう言ってもらえてよかったです。説明会やプレゼンは何度やっても緊張するし、毎回どう思われたのか気になってしまうんですよね」

「緊張なんてしてるようには見えませんでしたよ」

「本当ですか？」

「はい。堂々としてて、すごく素敵でした。私が保証します！」

いつの間にか、言葉に力がこもっていたのだろう。杉浦くんが目を丸くしているのに気づいて、恥ずかしさにしどろもどろになる。

「あっ、いや、えっと、だから……」

すると、杉浦くんは眩《まぶ》しいくらいの笑顔を見せた。

「ありがとうございます。すごく嬉しいです。頼りなさげな姿は相手を不安にさせて、MRにとっては命取りになりますから。千葉さんにそう言ってもらえて安心しました」

「営業の仕事をしたことのない事務員の感想で申し訳ないですけど……」

「何を言ってるんですか。すごく嬉しいし励みになります」

そう言われると、逆に私のほうが恐縮してしまう。とはいえ、自分の言葉に嘘はなかった。素直に受け取ってもらえて嬉しかった。

「千葉さんって説明会に参加したのは初めてだったんですね」

「私、今年の四月に営業のサポート担当になったばかりで、まだ日が浅いんです。半年経ってようやく仕事にも慣れてきたところで。それで、今後のためにも一度新薬の説明会に参加してみないかって、樋口さんに誘われたんです」

「なるほど」

「今日の説明会を聞いて、もっと知識があれば、資料の作り方も変わってくると思いました。すぐには難しいと思いますけど、少しずつでも知識を増やしていけたらと思ってます。今まで何も知らないまま仕事をしていたことに気がついて、恥ずかしいです」

「恥じる必要なんてありませんよ。必要になったときに頑張ればいいと俺は思います。最初からなんでもこなせる人なんてそういませんし、事務仕事なら俺よりも千葉さんのほうが効率よく進められると思いますよ」

たしかに必要に迫られてから勉強すればいいのかもしれない。でも、医薬品を取り扱う会社で働いている以上、自分たちの扱う製品の知識は少しでも多く持っておくに越したことはないはずだ。

杉浦くんの説明会からは、より良い医薬品を提供していきたいという想いや誇りが伝わってきた。私も営業のサポートをしているのだから、少しでも多くの人に適切な医薬品を届けられるよう、役立つ資料作りをしていかなければいけない。杉浦くんがそう気づかせてくれた。

「これから時間を見つけて勉強していきます」

「はい、お互い一緒に頑張っていきましょう」

杉浦くんは笑顔でうなずいてくれた。深い意味はないに違いないが、〝一緒に頑張る〟という言葉がすごく心強かった。

「すみません、梓さん。少しいいですか？」

「えっ？」

突然、杉浦くんがふたりきりのときにしか呼ばない下の名前で私を呼んだ。

彼がいつの間にか仕事モードではなくなっているのに気づき、私のいる世界も一変する。ほんの一瞬前まで仕事相手として接していたのに、急に意識してしまい、心臓が騒ぎ出す。

杉浦くんが一歩、また一歩と私に近づいてくる。目をそらせずにいると、突然、会議室のドアが開き、私は肩を大きく震わせた。

「あぁ、杉浦くん……と、千葉さんもいたのか」

顔を出したのは樋口さんだった。私は慌てて気持ちを引きしめた。

「樋口さん、お疲れさまです」

「うん、お疲れさま。あ、千葉さんが片づけてくれたんだな。ありがとう」

「いえ。それより樋口さん、どうされたんですか？」

「あぁ、ペンがなくてさ。ここに置き忘れたんじゃないかと思って見に来たんだ」

「ペンですか……。あ、あれかな」

辺りを見渡すと、一番奥の机の上にペンが置いてあった。取りに行く私に、樋口さんは後ろから「ごめん」と声をかけ、杉浦くんと話し始めた。

「杉浦くん、今日の説明会、すごく参考になったよ。病院や薬局側への提案も含めて、前向きに検討したいと思ってるからよろしくな」

「ありがとうございます。多くの患者さんのお役に立てると思いますので、ぜひよろしくお願いします。不明点や必要な資料があればいつでもご連絡ください」

「あぁ、助かるよ」

ペンを取って振り向くと、杉浦くんの凛々《りり》しいスーツ姿が真っすぐ私の目に飛び込んできた。その美しい立ち姿と優しい笑顔、そして輝く澄んだ瞳に、一瞬、この場がどこかも忘れて心を奪われる。

ほんの数秒のことだろう。杉浦くんのことを見つめていると、樋口さんが近づきながら声をかけてきた。

「千葉さん、悪いね」

「あっ、いえ」

私は我に返って、樋口さんに歩み寄る。

「そうだ。千葉さんのお気に入りのアレ、またもらったんだ。デスクの上に置いてるから食べて」

「わ、嬉しいです。いつもありがとうございます」

〝アレ〟というのは、きっと〝あんみつ饅頭《まんじゅう》〟のことだろう。樋口さんは知り合いからよくもらうらしく、いつも私にくれる。嬉しくて自然と笑みがこぼれる。

「喜んでもらえて何より。じゃ、俺行くわ」

「はい。行ってらっしゃい」

「行ってきます」

樋口さんは私からペンを受け取って会議室を後にした。

ドアが閉まるのを見届けると、私は杉浦くんに視線を戻した。再び私に近づいてくる彼の表情にはさっきまでの笑みはなく、私の真正面で立ち止まると口を開いた。

「梓さんって樋口さんと仲いいんですね」

「え?」

思いがけない言葉に戸惑っていると、すぐに杉浦くんは表情を緩ませ「いえ、なんでもありません」と首を軽く横に振った。

「それより、さっき話そうとしたことなんですけど、今日、会えなくなりました」

「……え?」

「仕事で急きょ、講演会が入ってしまったんです。どうしても外せなくて……すみません」

「あっ、そう、なんだ。ううん、謝らなくていいよ。私のことは気にしないで」

申し訳なさそうな表情を浮かべる杉浦くんに笑顔を向ける。けれど、本当はすごく寂しいし、「遅くなってもいいから会いたい」と声に出したい。

でも、自分の立場を考えると、とてもそんなことは言えないし、本当は仕事ではなく、西野さんと会うのではないかという考えが頭をよぎる。杉浦くんは嘘をつくような人ではないとわかっているのに、曲がった心がそんな妄想を生み出す。

「何を言ってるんですか。気にするに決まってるでしょ。梓さんに会うことは大事なことなんですから」

「……え？」

いつの間にか落としていた視線を上げると、杉浦くんが私の目を見つめて言った。

「俺に会えなくて寂しいですか？　ね、梓さん。答えて」

ひとつ結びをして肩から胸元に流していた私の髪を、杉浦くんがそっと掴む。その瞬間、直接肌に触れられているわけではないのに、心臓が大きな音を立てた。彼の長い指先で毛先を回すようにいじられて、首元がくすぐったい。

動揺して答えられずにいると、杉浦くんは身体を屈《かが》めて私の瞳をのぞき込む。そして、握っていた私の髪に軽くキスをした。そこに神経は通っていないはずなのに、身体が一気に熱を持つ。

「答えてくれないんですか？」

「あ、あの……」

「答えないなら、その可愛い唇、無理やりこじ開けて言わせようかな。寂しいって」

「……」

「また誰か入ってくるかもしれないのに、俺とキスしてるところ、見られてもいいんですか？」

杉浦くんこそ、平気なのだろうか。オフィスには西野さんもいるのに……。

杉浦くんの顔がゆっくりと近づいてくる。髪を掴まれたままで動くこともできず、声すら出せない。距離が縮まるとともに、鼓動が速くなっていく。

どう返事をすればいいのかわからない。「寂しいに決まってるよ」と、正直に言うべきなのか、それとも「変なこと言わないでよ」と、ごまかすべきなのか。それともこのまま……。

今日は身体を重ねることができないのだから、杉浦くんに触れてほしい。だから……

私は何も答えなかった。

杉浦くんが触れるまで、あと五センチ。彼の吐息を感じ、目を閉じようとしたとき、彼の動きが止まり、笑い声が漏れた。

「やだな、梓さん。止めてくれないと、俺、本当に止まらなくなっちゃいますよ。いいんですか？」

「……」

「あれ？　それとも、梓さんもキスしたいと思ってくれてました？」

「そ、そんなんじゃあ……」

心の内を読まれた気がして顔が熱くなる。そんな私をよそに杉浦くんは、「それは残念だな」と意地悪そうな笑みを浮かべて、私の髪を再びもてあそぶ。

「梓さんって結構強情ですよね。寂しいって言ってくれないから、デートに誘いづらいじゃないですか」

「えっ……デート？」

「はい。今日の代わりと言うわけではないんですけど、明後日の土曜日、デートしませんか？　今年は少し遅くなっちゃいましたけど、いつものあの場所に行きましょう」

杉浦くんの表情が笑顔を取り戻すのと同時に、私はその言葉が示す意味を理解した。きっと、私がずっと楽しみにしていた〝あの場所〟のことだ。

私は前のめりになって、杉浦くんに尋ね返す。

「それって、サッカースタジアム？」

「はい。土曜日、空いてますか？　観に行きたい試合があるんです」

「うん、空いてる！　ちょうど私もどこか観戦したいと思ってたの」

「よかった。じゃあ、詳細はまた後で連絡しますね」

「うん、ありがとう！　サッカーの試合、去年観に行ったきりだから楽しみ」

今年はもう誘ってもらえないかもしれないと思っていたため、嬉しさで心が躍りだす。

杉浦くんと太陽の出ている時間に堂々と過ごせる、一年に一度のスタジアムデートだ。

嬉しさのあまり、私の頬はこれでもかというくらい緩んだ。デートに誘ってもらっただけで、あんなに不安だった心が晴れわたるなんて、私は本当に単純だと思う。

「じゃあ、すみませんが、残りの片づけお願いします」

その声と同時に、彼の手の中から私の髪が滑り落ちて再び肩の上に戻った。少し寂しい気持ちになったけれど、杉浦くんの笑顔とデートの約束のおかげで、それもどこかに吹き飛んでいく。私は彼の後ろ姿を笑顔で見送った。

その日の夜、会社から真っすぐ帰宅した私は弾む気持ちを抑えられず、早くも土曜日の準備を始めた。スマホで天気予報を確認すると、明後日は晴れだけれど、風が少し冷たいらしい。

去年のスタジアムデートのときとは違った服装にしたいと思い、モノクロのボーダーのカットソーに、先日ひと目惚れして買ったばかりのベージュのロングカーディガン、それにデニムというサッカー観戦にぴったりの服を一時間ほどかけて選んだ。寒さ対策のためのインナーシャツなども用意した。

普通のデートのようなお洒落はできないけれど、杉浦くんと並んでも恥ずかしくないように、カジュアルな中にも女性らしく見えるようなコーディネートにしたつもりだ。

サポーターグッズなどの持ち物も用意し、野外への備えにブランケットやレインコートなどもリュックに詰め込んだ。

　ベッドに入ってからも、しばらく気持ちは高ぶったままで、なかなか寝つけなかった。


　翌朝、アラームが鳴る前に目覚めてしまった私は、いつもより早く会社に向かった。明日がこんなにも待ち遠しいと思ったのは久しぶりだった。そんな気持ちのときは仕事も頑張ろうと思えるし、今日は西野さんが杉浦くんを出迎える光景を目に映しても、不安はずいぶん薄れていた。

「千葉さん、昨日の説明会はどうだった?」

　営業の朝会が終わると、樋口さんに声をかけられた。昨日、あれから樋口さんは終日外回りだったようで、私が会社にいる間には帰って来なかった。私のほうは説明会に出席させてもらったお礼を言うのも忘れていたというのに、アフターフォローを忘れない樋口さんの面倒見のよさには頭が下がる思いだ。

「わかりやすい説明会だったので勉強になりました。ただ難しいところもありましたし、いまさらですけど、もっと知識を身につけないといけないないなと反省しました」

「最初からすべて理解できる人間なんていないから大丈夫。でも、その気持ちは嬉しいな。プレッシャーをかけるわけじゃないけど、千葉さんのことを頼りにしてるし、期待してるから」

「ありがとうございます。お役に立てるように頑張ります」

「あぁ。もし何かあれば言って。いつでもフォローするから」

そう言われて、ひとつ相談したいことがあった。医薬品について勉強しようと決意はしたものの、どこから手をつければいいかわからずにいたのだ。

「早速なんですけど、医薬品の勉強をするために役立つ本や資料ってありませんか。どんな勉強をすればいいかわからなくて。あっ、もちろん教えていただくのは、お時間があるときで構いませんから」

樋口さんが一瞬驚いたような顔を見せる。もしかして私が社交辞令を真に受けてしまい、迷惑しているのだろうか。でも、すぐに樋口さんは私の不安を吹き飛ばすような笑顔を見せた。

「あぁ、もちろんいいよ！　むしろ、大歓迎。頼ってもらえて嬉しいよ。初心者でもわかりやすい資料がいくつかあったはずだから集めておくよ」

「ありがとうございます。よろしくお願いします！」

樋口さんは嫌な顔ひとつせず、「一緒に頑張っていこうな」と言ってくれた。私は少しでも人の役に立てるように頑張ろうと、心に誓った。

待ちに待った土曜日。私は山口《やまぐち》県のサッカースタジアムにいた。遠出をしようという杉浦くんの提案で、彼の車で約二時間かけてやって来た。天気予報どおり風は冷たいけれど、澄み切った空からは暖かな陽射しが降り注いでいた。

「梓さん、これ」

「うん。ありがとう」

私は杉浦くんから渡されたエアクッションを座席に置く。すっかり慣れた動作で、私と杉浦くんはサッカー観戦の準備をする。試合開始まであと三十分ほどだ。

大学時代に私たちが所属していたサッカーサークルでは、年に一度、Jリーグの試合観戦を目的とした二泊三日の旅行があった。もちろんサッカー好きの集まりなので、試合はもちろんだけれど、それ以上に観光を楽しみにしていた。今でも昔の仲間と顔を合わせれば、必ず話題に上るいい思い出だ。

でも、大学を卒業すると、その楽しみもなくなってしまった。そんな中、杉浦くんが大学四年生のとき、サークル旅行の話をしてくれたことがあった。聞いている私のほうも楽しくなってしまい、うらやましがっていると、彼が「スタジアムデートをしましょう」と誘ってくれたのだ。

気を遣わせてしまったと思い、その場で断ったけれど、杉浦くんは迷惑そうな素振《そぶ》りも見せず、チケットなどすべて手配してくれた。

それ以来、年に一度、杉浦くんと一緒にJリーグの試合を観に行くのが恒例となった。スタジアムの中だけは、人目を気にせずに杉浦くんと一緒にいることができる。たとえ知り合いに見られたとしても、サッカー好きという共通点があるから、偶然出会ったことにできるし、肩を組んだとしても応援なのだからと言い訳がつく。

だから、私にとって、好きな人と好きなことをして過ごせる、最高に贅沢《ぜいたく》で大切な時間なのだ。

去年は春先に福岡のスタジアムで観戦した。今回のような秋も深まった十一月に、しかもこんなふうに遠出をして観戦するのは初めてのことだ。〝季節〟〝遠出〟〝場所〟という初めてづくしに、気分は盛り上がる一方だ。

加えて、久しぶりに見る杉浦くんの私服姿に、私は胸を躍らせていた。サッカー観戦ともあって、彼はチャコールのパーカにデニムというカジュアルな格好をしている。仕事中のスーツ姿もカッコいいけれど、大学時代を思い出させる私服姿は、今となっては新鮮で、いつもより距離も近く感じられる。

私と杉浦くんがサッカー観戦するときは、たいていスタジアム全体が見渡せる二階席を選ぶ。少し早めに到着して、そこから少しずつ人が増えていく様子を、わくわくした気分で眺めるのが私は好きだった。

「今年こそは福岡に勝ってほしいですよね」

「うん、そうだね。去年も一昨年も観戦したときは福岡が負けちゃったし、今年こそは勝ってほしいよね！」

気合いを入れて胸の前で拳を握ると、杉浦くんが笑みをこぼした。

「ほんと梓さんって可愛いですよね」

「えっ？」

「サッカーのことになると熱くなるところ、大学の頃から変わらないなぁと思って。あ、もちろんいい意味で、ですよ。それだけ好きなんですよね」

サッカーだけじゃない。杉浦くんと過ごすことのできるこの時間が何よりも大好きなのだ。

「……うん。好きだよ」

「俺も、好きですよ」

その言葉に心臓が大きく跳ねた瞬間、杉浦くんは私の拳に自分の拳をポンとぶつけて、「応援、楽しみましょうね」と、眩しそうに笑った。手首に着けたおそろいのサッカーチームのラバーバンドが楽しげに揺れている。私も思わず顔を綻ばせる。

杉浦くんと触れた手の甲に熱が集まっていくのを感じながら、彼が口にした〝好き〟という言葉が頭の中でリフレインする。今の会話だけを切り取れば、普通の恋人同士のようだ。なんだか幸せな気分になりながら、私はバッグの中から応援しているサッカーチームのマフラータオルを取り出した。

試合はラストのラストまでどちらも譲らず、残り三分というところで福岡のチームがゴールを決め、そのまま逃げきった。アウェーながらも隣県ということもあり、スタジアムには多くのサポーターが来ていた。周りにあわせて応援歌を歌ったり、声援を送ったりしながら、楽しい時間を過ごした。

「勝ってよかったね！」

「残り三分でのゴール、たまらなかったですね。パスワークも見応えあったし、久しぶりに興奮しました」

「私も！　あんな接戦、なかなか観れないよね。どの選手もカッコよかったなぁ」

いい試合を目の前で観ることができて、ふたりとも興奮しておしゃべりが止まらない。

帰る準備を終えて通路に向かって歩き出そうとしたとき、外の冷たい空気で冷え切っていた私の手を、ぬくもりのある手が包んだ。

「梓さん、足元、気をつけてください」

「……うん。ありがとう」

杉浦くんが私の手を引いて歩きだす。空はまだ明るいし、たくさんの人がいる。でも、ここに私たちのことを知っている人はおそらくいない。周りの人たちからは恋人同士に見えているのだろうか。

きっと杉浦くんは気まぐれで私の手を握っただけだ。それでも、いつもと違って明るい場所で堂々と手を繋ぐことができて幸せだった。しばらくこのままでいたいと思いながら、私は彼の手をそっと握り返した。

スタジアムを出ると、「せっかく山口まで来たのだから」と杉浦くんが言ってくれて、近くの観光名所を巡ることになった。

最初に向かったのは、スタジアムから車で約五分の場所にある湯田《ゆだ》温泉だ。私は知らなかったけれど、この地域には数カ所の足湯があるとのことだった。駅近くの駐車場に車を駐めて、足湯のある場所までふたりでのんびり歩く。私の地元の八女にも温泉はあるけれど、足湯を訪れるのは初めてだ。

角を曲がると足湯が見え、想像とは違った光景に思わず声が出る。

「わぁ、足湯ってこんな道路沿いにあるんだね。建物の中にあるものだと思ってた」

「すぐに入れて誰でも楽しめるのが、足湯の魅力ですよね」

「杉浦くんって、ここのことも知ってたけど、いろいろ詳しいんだね」

「あぁ、話してませんでしたっけ？　中学の途中までは山口市内に住んでたんです。親が温泉好きなこともあってここには何度も来たことがあるんですよ。その後、下関《しものせき》に引っ越したんですけど、スタジアムにはよく来てたし、この辺りはだいたいわかります」

「そうなの？　えっ、てことはもしかして、今日、山口のチームを応援してた？」

「……俺、墓穴を掘りましたね。まぁ、否定はしません」

「嘘！　言ってくれればよかったのに」

「言ったら梓さん、気にして、思いっ切り応援できなかったでしょ？　大丈夫です。どっちのチームも応援してますから。どっちが勝ってもバンザイしてましたよ」

「えー、それ、何かズルいなぁ」

「え、逆に責められるんですか？　まいったなぁ」

　彼のことを知ることができて嬉しかった。杉浦くんに縁のある場所だと知った途端、目の前の景色が鮮やかになった気がした。

足湯に到着すると、いくつかのグループが気持ちよさそうに足を湯に浸けていた。私たちも靴下を脱ぐと、ふたりで並んで浸かった。

「あったかくて気持ちいいね」

「はい」

ほかの人とぶつからないように注意しながら、湯の中で前後に小さく足を泳がせる。杉浦くんも同じようにしていて、私はこっそり彼と同じタイミングで足を動かした。外の空気は冷たいけれど、温泉の熱で足から全身が温まっていき、心までもポカポカしてくるからなんとも不思議だ。

後から訪れた家族連れの小さな男の子が私たちになついてくれて、自然と周りの人たちともおしゃべりをしながら、しばらくのんびりした時間を過ごした。

そろそろ次の場所に移ろうという話になり、杉浦くんが先に立ち上がった。

「梓さん、気をつけて」

「うん、大丈夫。ひゃっ！」

「梓さん！」

杉浦くんの後に続いて立ち上がった瞬間、段差に気づかずに足を踏み外した私を、彼が抱きとめてくれた。

杉浦くんの厚い胸板と腕の力強さを感じているところに、「梓さん、大丈夫ですか？」と耳元で囁かれ、私は慌てて身体を離して謝った。

「あっ、ごめんね！」

「こうなるかなと予想はしてましたけど、本当になるなんてさすが梓さん。期待を裏切りませんよね」

「も、申し訳ない……」

「いいえ。転ばなくてよかったです。ゆっくり行きましょう」と彼が私に手を差し出す。

「……うん、ありがとう」

私は杉浦くんの手に自分の手をのせ、リードしてもらいながら、足湯を後にした。

次に向かったのは、国宝にも指定されている瑠璃光寺《るりこうじ》。日本三名塔のひとつに数えられている五重塔はもちろんのこと、周りを取り囲む木々が鮮やかな色を奏でていて、その景色が映り込む池の中を、悠々と鯉《こい》が泳いでいた。

それからも、紅葉が通り一面を染め上げているパークロードを散歩したり、お洒落なカフェに入ったりして、ふたりで楽しい時間を過ごした。

去年まではサッカーの試合が終わると真っすぐ帰宅していたし、大学の頃もふたりで外に遊びに行くようなことはなかったから、明るい街中を彼とこんなに長い時間歩くのは初めてだった。

その間、何度か手も繋ぎ、周りのカップルたちのように写真を撮ることはなくても、私はずっと幸せな気分だった。杉浦くんと一緒なら、たとえ抱き合わなくても、こんなにも心が満たされるのだと改めて思う。

徐々に日が傾き、あんなに鮮やかに感じていた街並みが、闇と静寂に包まれていく。杉浦くんとふたりの時間のリミットが迫っていることを感じて、寂しさが込み上げる。気を緩めたら「帰りたくない」と口走ってしまいそうで、車に乗っても、自然と口数が減った。

「この辺りなんです」

「え？」

「俺が中学まで住んでた街」

「そうなの？」

「はい。離れてから十年以上経つのに、あまり変わらないものなんですね」

杉浦くんは「人もみんな温かくて、いいところなんですよ」と、車を走らせながら懐かしそうに話してくれた。

その横顔を見つめながら私は、彼の脳裏に何が浮かんでいるのか知りたいと思う。けれど、踏み込んで聞いていいかどうかわからなくて、言葉をのみ込んだ。でも、彼が自分のプライベートな話を少しでもしてくれたことだけで、嬉しさでいっぱいだった。

杉浦くんから視線を外し、車窓を流れる景色を見る。この風景の中に少年時代の杉浦くんがいたと思うと、なんだか胸が熱くなる。杉浦くんは何も言わないけれど、通り過ぎていく小学校や中学校は彼の母校なのだろうか。

しばらくすると、再び〝湯田温泉〟という看板が多くなり、ホテルや旅館が見え始め、温泉街に戻ってきたことがわかった。車は大通りから路地に入っていき、緑に囲まれた風情のある旅館の駐車場で停車した。今から福岡に戻ると思っていた私は不思議に思って尋ねた。

「杉浦くん、どうしたの？」

「……今日、泊まっていきませんか？」

「えっ？」

「梓さん、今からの時間を俺にください」

杉浦くんが切なげに私を見つめる。その瞳は熱っぽく、かすかに揺れている。こんな彼を以前見たことがある。それは、初めて杉浦くんと身体を重ねた日のことだ。きっと、彼は私の気持ちに合わせて言い出したのではない。彼自身の意思で私を求めている。

今日はスタジアムデートだけだと思っていたから、泊まる準備は何もしていない。けれど、このまま恋人同士のように一夜を過ごすことができるのなら……。

これからの甘美な時間を想像するだけで、胸が熱くなる。私は小さな声で「いいよ」とうなずいた。

暖色系の照明が置かれたアプローチを歩き旅館の玄関を入ると、開放感のある空間が私たちを出迎えた。正面に受付、左手にはゆったりとしたソファとテーブルが置かれたロビーやお土産コーナーがあり、それなりに大きな規模の旅館のようだった。

宿泊の手続きを済ませた後、私たちは客室に案内された。部屋は十畳ほどあり、部屋の奥の縁側にある窓からは庭園が見える。

いつも私たちが行くホテルとはまったく違う趣《おもむき》に、まるで別世界にいるようだった。

しばらくして地元の食材をふんだんに使った料理が運ばれてきた。サッカー観戦と観光をしたこともあってお腹が空いていた私たちは料理に飛びつき、その美味しさに舌鼓を打った。

食事の後、私たちはそれぞれ露天風呂へ向かった。温泉に来るのは久しぶりで、源泉掛け流しの天然温泉は肌によく馴染《なじ》んで、ゆったりとした気分にさせてくれた。美肌の湯と呼ばれるだけあって、肌もすべすべになったような気がする。

心も身体も温まり、心地良い気分で部屋に戻ると、さっきまで部屋の真ん中にあったテーブルが端に寄せられていて、布団が二組敷いてあった。その向こうの縁側には、椅子に座って外を眺めている浴衣姿の杉浦くんがいる。

彼の浴衣姿を見るのは初めてで、色気のあるその姿と端正な横顔に見とれていると、彼の視線が私に向けられた。

「どうしたんですか？　梓さん。そんなところに立って」

「えっ⁉　あっ、あんまり温泉が気持ちよかったから、少しボーっとしちゃった」

「そうでしたか。安心しました。急に誘ったから無理させたかもって、ちょっと思ってたんです」

「ううん、そんなことないよ。……ほら、私、温泉好きだし、料理も美味しかったから」

本当は誘ってもらえたことがすごく嬉しかったのに、素直に言葉にできず、私は無難な返事をしてしまった。それにもかかわらず、杉浦くんは「喜んでもらえたならよかった」と、嬉しそうな笑顔を浮かべた。

素足に触れる畳の心地良い弾力を感じながら、杉浦くんのいる縁側へ向かい、もうひとつの椅子に腰を下ろす。彼と同じように外を眺めると、空にたくさんの星が瞬いていた。

「星、見てたの？」

「はい。綺麗だなって思って。福岡だと普段はこんなに見えないし、ゆっくり見る機会もないから」

「たしかにそうだよね。ほんと、キラキラしてて綺麗……」

杉浦くんと一緒に星空を眺めながら、今日の出来事を思い返す。人目を気にせず、いろんな所を回り、杉浦くんの子どもの頃のことも少しだけ知ることができて、一日で何日分もの時間を一緒に過ごしたように感じられた。

少し冷えてきたため、何げなく腕をさすると、いつもより肌が滑らかに思えた。

「ねぇ、女将さんが言ってたとおり、温泉で肌がすべすべになった気がするんだけど、杉浦くんはどう？」

「んー、さぁ、どうでしょうね」

「え、実感ないの？　じゃあ、私の勘違いなのかな。男の人には効かないってわけでもないだろうし」

自分の腕をつぶさに観察していると、杉浦くんが私に向かって腕を伸ばしてきた。視線を上げると、笑みのない真剣な眼差しとぶつかり、心臓が大きく音を立てる。

「じゃあ、確かめ合ってみましょうか？　いつもと違うかどうか」

「え？」

「知りたいんでしょ？」

杉浦くんの瞳も、表情も、浴衣姿もすべてが色っぽくて、まるで全身で誘惑してくるようだ。逃げることもできず、血液が沸騰してしまいそうなほど気持ちが高ぶっていく。もう抑えることはできなかった。

彼に触れてほしい。彼の肌に触れたい。

「こっち来て、梓さん。俺も知りたい……」

私は吸い寄せられるように彼の手を取り、ゆっくりと立ち上がった。

椅子に座ったまま見上げられ、浴衣が着崩れしていないか気になり始める。すると、彼が口元を緩めた。

「まさか梓さんから誘ってくれるとは思いませんでした」

「えっ？　やだ、そういう意味じゃ……ひゃっ！」

突然手を引かれ、バランスを崩した私は杉浦くんの膝の上に座らされる格好になった。

慌てて立ち上がろうとするけれど、腰に回した腕を離してくれない。そして、星空から私たちを隠すように窓の障子を閉めると、夜空に浮かぶ星よりも綺麗に輝くその瞳で私を見つめた。

「うん、いつもよりもすべすべかもしれないけど……美肌の湯に頼らなくても、梓さんはいつも綺麗ですよ。……ここも」

「いやっ、くすぐったっ……」

私の弱いところを知り尽くしている彼の唇と指が腕の内側を這《は》っていき、敏感に反応してしまう。

「ここも……ここだって……」

彼は器用に私の羽織の紐《ひも》と浴衣の帯を解き、あらわになっていく私の肌に丁寧に口づけ、指を滑らせていく。そのやわらかで意地悪な動きに、私はいちいち声を漏らしてしまう。

自分だけ溺れていくのが悔しくて、彼の首筋に抱きつくようにして私もキスを落とした。私の行動が不意打ちだったのか、珍しく彼が身体を震わせ、私の肌から唇を離した。

ふたりの視線が交わる。射抜くような彼の瞳に捕らえられて、私の全身から力が抜けていく。

「……もう、邪魔ですね」

彼の声が聞こえたかと思うと、私の身体が宙に浮いた。思わず声を上げた瞬間、自分のはだけた胸元が目に映り、私は浴衣を引き寄せて慌てて隠した。すると、彼は笑みをこぼし、「やっぱりその浴衣、邪魔です」と言って、私の身体を布団の上におろした。

竹と和紙で作られた間接照明が、重なり合う私たちを淡く照らす。温泉の効能がどうかなんて考える余裕もなく、お互いの肌の熱をただ求め合う。

杉浦くんが育った大切な場所を訪れることができるなんて、想像すらしていなかった。ましてや、そんな場所でこうして抱き合うことができるなんて、幸せすぎてまるで夢を見ているようだ。

〝離れてから十年以上経つ〟と杉浦くんが言っていたことを考えると、少なくともこの十年は、この場所に私以外の人を連れてきてはいないということ。つまり、彼が高校の頃に出会った元カノはこの場所を知らないはずだ。

杉浦くんがどうして私をここに連れてきてくれたのかはわからない。でも、私に触れる彼の熱が、私のことを受け入れ、求めていることは事実だ。

私も彼の育った街で彼のことをもっと感じたい。彼のことをもっと知りたい。今日のことが、彼の記憶にもずっと残ってほしい。そう願いながら、私もいつもよりも時間をかけて、彼のなめらかな肌に自分の肌を沿わせた。

翌朝、障子から漏れる朝の光で目を覚ますと、杉浦くんの腕を枕にしていた。頭上から彼の寝息がかすかに聞こえる。ふたりで泊まったのは夢ではなかった。

今日は日曜日、ここは山口県……。時間も、誰の目も、気にする必要はない。そんな幸せを感じながら、手を伸ばしてそっと彼の髪に触れる。そのやわらかな感触が心地良くて指を絡めていると、突然彼の手が私の手首を掴んだ。

「あっ、おはよう。杉浦くん」

「おはようございます。梓さん……あんなに確かめ合ったのに、まだ足りないんですか？」

「えっ？」

杉浦くんは意地悪な笑みを浮かべて、掴んだ私の手にキスを落とす。

「仕方ないですね。欲しがりの梓さんのために頑張りましょうか」

「待って。杉浦……くん……」

杉浦くんは起きて早々、飽きることのない甘い世界に再び私を連れて行った。

たった一泊だったけれど、濃密な時間を過ごした私の中から不安は消えていた。杉浦くんと恋人同士になったような錯覚すらしていた――。

あれから一週間も経っていないというのに、杉浦くんと一泊したのが遠い昔の出来事のように感じられる。けれど、彼と幸せな時間を過ごしたのは事実で、そのことが私の気持ちを穏やかにさせていた。

杉浦くんと西野さんが話をしているのを目にすると、相変わらず心は揺れるものの、すぐに大きな変化が起きるようには思えなかったし、彼と食事しかできなかった昨日も、ふたりでいられるだけで満足だった。この週末は先週の思い出だけで、幸せな気持ちで過ごすことができるだろう。

そんなことを思いながら、今週の仕事の締めくくりに、私は西野さんと、オフィスにたまっていた資料を保管庫に運んでいた。廊下の窓の向こうには葉の落ち始めた木々が見える。今日は風が強く、黄色や茶色に染まった木の葉が揺れ、舞い散っている。

隣で台車を押していた西野さんも同じことを感じたのか、人懐っこい笑顔で私に話しかけてきた。

「外、寒そうですね。冬がそこまで来てますね」

「うん。そうだね」

「私、冬って大好きなんです！　寒いけど街はキラキラしてて、洋服も可愛いものがたくさんあるじゃないですか」

瞳を輝かせて楽しそうに話す彼女の笑顔は、外の寒々しい景色とは間逆に、人の心をほっこりさせる。私は彼女の言葉にうなずきながら、本当に可愛い子だなと思う。

「あれ？　千葉さんと西野さん、お疲れさま」

前方に顔を向けると、エレベーターホールから樋口さんがこちらに向かって歩いてくるところだった。その後ろには杉浦くんの姿もある。

夕方にMRがうちの会社を訪ねるのは珍しいことではない。でも、今週はもう会う機会はないと思っていたため、驚いて挨拶を返すのが遅れてしまった。

その間に西野さんが一歩前に出て、「樋口さん、お疲れさまです。杉浦さん、こんにちは！」と、廊下に明るい声を響かせた。私と話していたときよりも、心なしか声のトーンが高い気がする。

「それ、保管庫に運んでるのか？」

樋口さんが私に向かって尋ねる。

「はい。オフィスの資料置き場がいっぱいで、移動させてるんです。もしほかに保管庫に置いておく資料があったら、いつでも言ってくださいね」

「了解。でも、資料を運ぶくらいは新人営業に任せたら？　重いだろ」

「いいえ。台車もありますし、営業の仕事に専念してもらうのが私たちの仕事ですから」

「縁の下の力持ちだね」

「いえ」

樋口さんと話しながらも、杉浦くんと西野さんのことが気になってしまう。

「杉浦さん、これから打ち合わせですか？」

「はい。今日は樋口さんに同行させていただいたので、そのままこちらに寄らせていただくことになりました」

「そうなんですか。お疲れさまです」

積極的に話しかける西野さんに対して、杉浦くんも穏やかな笑顔を返す。ごく普通のやり取りなのに、目の前にすると、現実を突きつけられているようで落ち着かない。

「外は寒かったんじゃないですか？」

「寒いです。今日は特に風が強くて」

「寒い日にはお鍋が食べたくなりますよね～」

「いいですよね」

ふたりのそんな会話が耳に入ってきたとき、樋口さんが何か思いついたように、「あ、そうだ」と呟いた。

「千葉さんって、今日は用事あったりする？」

「え？　いえ、特には……」

「西野さんは？」

「いいえ！」

「じゃあ、このメンツで飯に行こう。さっきちょうど杉浦くんと打ち合わせの後に鍋でもつつきに行こうかって話をしてたんだ」

「ぜひ行きたいです！」

樋口さんの提案に、西野さんは目を輝かせて嬉しそうな笑顔を浮かべている。一方の私は困惑していた。樋口さんから突然食事に誘われることは珍しくないけれど、今は杉浦くんがいる。オフィスのみんなで食事に行くのとは、あまりに状況が違う。

「杉浦くんもいいよな？　男ふたりで行くより、女の子がいたほうが楽しいだろ？」

樋口さんの問いかけに、「もちろん、構いませんよ」と、杉浦くんはなんのためらいもなくうなずく。

「よし！　先週杉浦くんには、急きょ講演会に参加してもらったから、今日は労《ねぎら》うよ」

先週の木曜日、杉浦くんが「講演会があるから会えない」と言ったのは、本当のことだったらしい。一瞬でも疑ってしまったことに罪悪感を覚える。

「千葉さんもいいよな？」

どうしよう……。杉浦くんが目の前にいて、普段どおりにしていられるだろうか。樋口さんだけならともかく、西野さんも一緒なのだ。冷静でいられるか不安だし、できれば、ふたりが仲良くする姿は見たくない。

でも、現実的には選択肢はひとつしかなかった。

「……はい。大丈夫です」

用事がないと一度答えてしまった以上、断れば変に勘ぐられることにもなりかねない。どんなに不安でもうなずくしかなかった。

樋口さんが連れて行ってくれたのは、赤坂《あかさか》の大正《たいしょう》通り沿いにある創作料理屋〝カサドリ〟という店だった。金曜日ということもあってたくさんの人で賑《にぎ》わっていたけれど、タイミングよくテーブル席が空き、すぐに中に入ることができた。

じつはこの店には、以前に一度、杉浦くんと来たことがある。そのときはテーブル席ではなく、カップルに人気だというカウンター席に案内された。カウンター席は照明も抑えたお洒落な空間で、店内には背を向けて座る格好になるため、ほかの客から顔を見られる心配がない安心感があった。

一方、テーブル席はフロア全体に配置されていて、女子会のグループや私たちのように男女が入り交じったグループ、もちろんカップルの姿もある。

席に案内されると、樋口さんが一番奥の席に杉浦くんを促し、その正面に樋口さんが座った。そして気づけば西野さんが杉浦くんの隣の席に足を進めていて、私は樋口さんの隣に座ることになった。

どんな座席になっても、杉浦くんと西野さんが話す姿を目にすることは避けられないとはいえ、真正面から見ることになるこの位置は一番つらそうだった。

樋口さんと杉浦くんは車の運転のため、ノンアルコールドリンクを頼み、私と西野さんは樋口さんに勧められるままカクテルを頼んだ。料理はみんなで、樋口さんオススメの〝柚子塩鶏鍋〟をメインとするコースを注文した。柚子塩のさっぱりしたスープと鶏の食感が絶品らしい。

メニューを見ながら私は、そのコースに杉浦くんと「美味しいね」と言い合いながら食べた料理も含まれていることに気がついた。それだけのことなのに、嬉しい気持ちになる。もしかしたら、西野さんへの優越感がそう思わせるのかもしれない。杉浦くんはあのときのことを覚えているだろうか。

料理は本当に美味しくて、そのおかげもあってか、思いのほか会話は弾んだ。樋口さんと杉浦くんの話はどれも面白くて、その場が楽しい雰囲気に包まれる。

その一方で、杉浦くんと西野さんが視線を合わせて微笑み合うのが目に入るたびに、私は胸を締めつけられるような痛みに襲われていた。ふたりの距離が縮まっていく光景から目をそらしたくてもできず、無理やり笑顔を作って料理を食べ続けた。

食事を始めてから一時間が経った頃、樋口さんが突然話題を変えた。

「そうそう。千葉さん、この前、みんなで食べに行ったとき、香川《かがわ》ってやつがいたの覚えてる?」

「もちろん、覚えてますよ」

「あいつさぁ、結婚することになったんだって」

「えっ、そうなんですか!? じゃあ、香川さんのお相手って……」

「うん。九十九回告白しても断られ続けた女社長」

「わ、すごい……!」

一カ月ほど前、樋口さんに誘われて、営業と営業事務の数人で食事に行った際に、飛び入り参加したのが、樋口さんの友人である香川さんだった。

香川さんは建築会社に勤めていて、とても明るく、大いに場を盛り上げてくれた。特に自分の会社の女社長に何年も思いを寄せていて、あの手この手でアプローチするもののフラれ続けている話は、涙あり、笑いありで、最後には彼の激励会のようになっていた。私もみんなと一緒に笑っていたけれど、それ以上に、その真っすぐぶつかっていく勇気をうらやましく思いながら、話を聞いていたのだ。

「女社長も、じつはずっと香川のことが好きだったらしいんだ。自分の立場を気にして言い出せなかったんだって」

「そうなんですね……あきらめずに想っていれば、叶うこともあるんですね。素敵……」

長年の想いが成就したうえ、結婚することになったというドラマみたいな話に、つい本音がこぼれてしまう。

「え、何？　千葉さんにもそんな想いがあるんだ？」

「えっ？」

樋口さんから思わぬツッコミをされ、しまったと思った瞬間、助け舟のように樋口さんのスマホが鳴った。

「あ、悪い。ちょっと席を外すな」

樋口さんが店の出口の方へ歩いていく。香川さんの話のつもりが、まるで自分のことのように受け取られてしまい、恥ずかしさで顔が熱くなる。しかも、目の前にその相手がいるのだ。

おしぼりで手を拭《ふ》くふりをして、さりげなく目を伏せていると、西野さんの声が耳に飛び込んできて、思わず顔を上げた。

「杉浦さんは、あきらめなければ想いは叶うと思いますか?」

ふたりが見つめ合っている姿が目に映り、私は息をのんだ。

杉浦くんとは、何年も関係を続けているけれど、お互いにプライベートな話は避けてきた。ましてや恋愛話などほとんどしたことがない。それにそうした話をきっかけに、私たちの関係が壊れてしまうかもしれないと思うと、怖くてできなかった。

でも、西野さんは私とは違う。杉浦くんと恋愛観が合えば、さらに距離を縮めることができる立場だ。

「そう信じたいとは思いますよ。誰でも叶えたいことや手に入れたいものがありますから」

「杉浦さんにもあるんですか?」

西野さんは見ているこちらまでドキッとするような澄んだ瞳で杉浦くんに問いかけた。

これ以上は聞きたくなくて、お手洗いのふりをして席を立ちそうになったとき、杉浦くんが口を開いた。

「それはご想像にお任せします」

当たり障りのない答えと、いつもと変わらぬ笑顔。そこから隠された真実をうかがい知ることはできない。ただ、ひとつはっきりしていることは、私は真実を知るべきではないということだ。

私はふたりから目をそらし、気持ちを落ち着かせるようにカクテルに口をつけた。グラスを置くと、カクテルの表面が波を立てて揺れた。まるで私の心とシンクロしているような気がして、少しずつ波が収まっていく様子をぼんやり眺めていた。

どれくらいそうしていたのだろう。「ちょっと、失礼します」という西野さんの声に、ハッとして顔を上げる。彼女は可愛らしいしぐさで席を立って、店の奥へ向かっていった。

テーブルに視線を戻すと、杉浦くんと目が合った。鼓動が脈打つのを感じていると、彼が口元を緩めた。

「やっとふたりになれましたね」

「あっ、そうだね」

杉浦くんはいつものやわらかな笑みを浮かべている。でも、今の私はさまざまな感情に覆いつくされていて、普段どおりに振る舞うだけで精いっぱいだった。だから、樋口さんたちがいるというのに、杉浦くんに敬語で話すという自分の決め事すら頭から抜け落ちていた。

「もう、ずっと笑いを堪えるのに必死でした。まさか、こんなふうに梓さんとご飯に行くことになるなんて思わなかったから」

私とは違って、杉浦くんは話し方もいつもどおりで、むしろこの状況を楽しんでいるようにも見える。

「梓さんって、樋口さんとよくご飯に行ったりするんですか？」

「あ、うん。誘ってもらったときはたまに行くよ」

「へぇ、そうなんですね……」

杉浦くんの表情が少し曇った気がして不思議に思っていると、店員が次の料理を運んできた。テーブルに置かれたのは、レアに焼かれた赤身肉のサイコロステーキに、野菜のソテーが添えられたものだった。

見覚えのある料理に頬が緩む。

「あ。やっと来ましたね、梓さんのお気に入りの料理。コースのメニューを見たとき、梓さん、喜ぶだろうなって思ってたんです」

思わぬ言葉に視線を上げると、杉浦くんにいつもの笑顔が戻っていた。

「杉浦くん、覚えてたの？」

「当たり前ですよ。目の前であんなに美味しそうに食べてる姿を見たら、忘れられるわけありませんって」

「それは杉浦くんもでしょ。私に負けないくらいパクパク食べてたじゃない」

覚えていてくれたことが心から嬉しいのに、私は素直に気持ちを言葉にできなかった。

つい口をついて出た憎まれ口を、彼は嫌な顔もせず受け入れてくれる。

「そうそう。取り合うように食べましたよね」

「最後のひと口は杉浦くんに取られちゃったけどね」

「じゃんけんして勝ちましたから。っていうか、根に持ってたんですか？」

「食べ物の恨みは怖いんだよ」

「それは困りますね……。じゃあ今度から、最後のひと口は梓さんに差し出すことにします」

〝今度〟ということは、〝未来〟があるということだ。そう思うと、嬉しさのあまりつい本音がこぼれる。

「それも嬉しいけど、ふたつに分けてふたりで食べるほうがいいな」

「え？」

杉浦くんが目を丸くしている。その表情を見て、私は自分が調子に乗りすぎたことに気づいた。

「あっ、なんでもない！　気にしないで」

「なんでもないことはないでしょ？」と、杉浦くんが身体を前に乗り出す。

「ちゃーんと聞こえてましたよ。それ、俺も賛成です。今度からはそうしましょう」

そのとき、突然「ごめん、ごめん！」という樋口さんの声が背後から聞こえた。四人で食事に来ていたことをすっかり忘れていた私は小さく肩を震わせた。

「新しい料理来てるな。美味しそう」

「あっ、はい。ちょうど今来たところです。取り分けますね」

「あぁ、ありがとう」

私は平静を装って、取り皿を手にした。ちょうど料理を取り分け終わったとき、西野さんも席に戻ってきて、再び四人で食事と会話を楽しんだ。

サイコロステーキは美味しかったけれど、杉浦くんとふたりで食べたときのほうが、さらに美味しかった気がした。

その後、メインの鍋が運ばれてきて、柚子の風味を堪能していると、西野さんがふと取り皿をテーブルに置いた。

「あの……さっきのお話の続きしてもいいですか？」

「うん？」樋口さんが箸を口に運びながら、西野さんに顔を向ける。

「樋口さんのお友達もそうだと思うんですけど、運命や奇跡ってあると思うんです。ただ、それがどこにあるかはわからないし、気づいてないだけで、すぐそばにあるかもしれない。だから、簡単にあきらめちゃいけないって、いつも自分に言い聞かせてるんです。もちろん、そんなことが起きずに終わることもあるかもしれないけれど、想いは叶うって信じていたいです」

「それが西野さんの明るさの原点か……。うん。そうだな。それ、俺も賛成する」

樋口さんの言葉に西野さんが少し恥ずかしそうにしながら、「ありがとうございます。よかった」と可愛らしく笑った。

私に奇跡など舞い降りることがあるのだろうか。それよりも、杉浦くんと西野さんとの間に運命がある可能性のほうが高い気がする。

私は胸に刺すような痛みを感じながら笑顔を作った。


食事を終えて店を出ると、街は夜の活気に溢れていた。明るいネオンに照らされた道を、いくつものグループが楽しそうにおしゃべりをしながら往来している。時折、開く飲食店のドアからは「いらっしゃいませ」「ありがとうございました」といった店員の威勢のいい声が聞こえてくる。

そんな通りを冷たい風が吹き抜けていき、私は寒さに身体を震わせた。

「西野さんの家はどこ？」

「姪浜《めいのはま》でーす」

樋口さんの問いかけに、ほろ酔い加減の西野さんは私の腕に絡みつきながら楽しそうに答える。ローゲージの淡いピンクのニットに、花柄のストールを巻いている彼女の笑顔は女性の私から見ても可愛くて、先ほどから何人もの男性が彼女のことを横目で見ながら通り過ぎていく。

一方の私はカクテル二杯程度で酔うようなこともなく、ファッションもモノトーンのアイテムばかりで、可愛らしさのかけらもない。

「あれ、杉浦くんは藤崎《ふじさき》だったよな？　方向一緒だよな」

「はい、そうですね」

樋口さんの言葉で、杉浦くんが藤崎に住んでいることを私は初めて知った。と同時に申し訳ない気持ちでいっぱいになる。

藤崎と私の住んでいる箱崎は、ふたりでよく時間を過ごす中央区《ちゅうおう》を挟んで反対に位置する。車でも三十分ほどかかるはずだ。それなのに杉浦くんは、金曜の朝はいつも私を箱崎駅まで送ってくれている。だから私はてっきり彼も、学生のときと同じように、箱崎近辺に住んでいると思い込んでいた。

でも実際には、杉浦くんは毎週わざわざ自宅と反対方向に車を走らせて私を送った後、自分の家に帰っていたことになる。彼女でもない私に対して、そこまでしてくれる彼の優しさが嬉しい半面、心苦しかった。

「じゃあ、杉浦くんは西野さんを送ってもらってもいいかな。俺は千葉さんを送っていくから」

樋口さんの言葉に、私は慌てて口を挟む。

「あの、樋口さん。私、地下鉄で帰りますから」

「ダメ。近くなんだから一緒に帰ろう」

「でも、申し訳ないですし、駅も近いので」

「〝でも〟も、〝申し訳ない〟もなしだって、いつも言ってるだろ？　いい加減、甘えることを覚えなさい」

樋口さんが私の顔をのぞき込み、聞き分けの悪い子どもを諭すように言う。

樋口さんのマンションと私のマンションは車で五分も離れていない所にあって、食事に誘われたときはいつも私のマンションまで送ってくれる。職種柄マイカー通勤の樋口さんは外でお酒を飲まないとはいえ、なんだか恐縮してしまうのだ。

「……では、お言葉に甘えて……ありがとうございます」

「樋口さんと千葉さんって、そばに住んでるんですか？」

「あぁ、そうだよ。同じ町内」

「え～、そうなんですかぁ」

目を輝かせて尋ねる西野さんと、それに答える樋口さんをよそに、杉浦くんの方を見ると彼もこちらを見ていた。その目は何か言いたげで、いつもと雰囲気が違う。でも、すぐ杉浦くんは私から視線を外した。

「樋口さん。西野さんは僕が責任を持って送りますね」

「ありがとう。よろしく頼むよ」

杉浦くんの言葉で、ふと気づく。杉浦くんが西野さんを送るということは、いつも私が乗せてもらっている車の助手席に西野さんが座るということだ。途端に、あの場所を誰にも渡したくないという気持ちがわき上がる。

でも、杉浦くんが助手席に誰を乗せようと、私に意見する権利はない。むしろ、いつも助手席に乗せてもらっていることをありがたく思わなければならない立場だ。それなのに、自分以外の女性がそこに乗るのは嫌だと思うなんて、私はどれだけ自分勝手なのだろう。これから先、ずっと杉浦くんのそばにいられるわけでもないのに……。

「西野さん、送りますね」

「本当にお言葉に甘えちゃっていいんですか?」

「はい。もちろんですよ」

「嬉しいです！　ありがとうございます」

西野さんは満面の笑みを浮かべて、杉浦くんを上目遣いで見上げた。こんな可愛い笑顔を向けられて、彼女を好きにならない男の人がいるわけがない。

「杉浦くん、同意なしにオオカミになるのは禁止だからな。俺の可愛い後輩を泣かせたら承知しないよ」

「やだな、泣かせませんよ」

樋口さんの冗談交じりの言葉に、杉浦くんが自嘲気味に笑った。ほとんど見たことのないその笑みと言葉に、どんな意味が隠されているのだろうか。

西野さんは肩にかけたバッグの持ち手を両手で掴んで、杉浦くんのことを見つめたままでいる。そんな彼女に杉浦くんは優しい笑みを向けていて、その姿はまるで付き合い始めたばかりのカップルのようだった。私はそれ以上その光景を見ていられず、視線を落とした。

そのとき、私に救いの手を差し伸べるように、頭の上から低い声が降ってきた。

「千葉さん、俺たちも帰ろうか」

見上げると、樋口さんの笑顔があった。早くこの場から離れたいと、心が悲鳴を上げる私はその優しさにすがりつくようにうなずいた。今は樋口さんの存在がすごくありがたかった。


店の近くのパーキングでそれぞれの車に乗り込み、私たちは杉浦くんと西野さんと別れた。車は大正通りから国体《こくたい》道路、渡辺《わたなべ》通りに抜けた。

この辺りは十一月に入ると、街路樹や通りに並ぶ商業施設にイルミネーションが灯り始める。そんな煌びやかな光に彩られた通りを、車は北へと進んでいく。

「イルミネーション、増え始めたな」

「そうですね。綺麗……」

車内には樋口さんお気に入りの洋楽が流れている。BGMと車の窓の外を流れる景色がぴったり合っていて、まるで映画の世界に入り込んだようだ。

今頃、あのふたりも同じように、街に輝くイルミネーションを眺めているのだろうか。

きっと百道浜《ももちはま》の近くを通るはずだから、福岡タワーのイルミネーションを見ることになるだろう。それを見て目を輝かせる西野さんを、杉浦くんが優しく見つめる……。そんな様子が頭に浮かんできて、慌てて私はその光景を頭から打ち消した。

繁華街を離れ、外の景色が寂しくなってきた頃、樋口さんがふと口を開いた。

「あのふたり、いい感じだと思わない？」

「えっ？」

「西野さんと杉浦くん。他人の恋愛に首を突っ込む趣味はないけど、あんなにあからさまだとつい気になるよな。西野さんは態度に出てるし、杉浦くんもまんざらでもなさそうだったし、ふたりがいい関係になるのも時間の問題かな」

「……そう、ですね」

樋口さんの言葉に胸が締めつけられる。でも、樋口さんが悪いわけではないし、ふたりのことをそう思うのは自然なことだ。もし、杉浦くんがただの取引先の人なら、私も同じように思うはずだ。

大通りからマンション方面に向かう交差点で、信号が赤に変わった。ウインカーの音とBGMが共鳴し合ってリズムを刻む。

「千葉さんはいる？　イルミネーションを一緒に見に行くような、イイ人」

「……え？」

運転席に顔を向けると、右手をハンドルにかけたまま樋口さんが私を見ていた。前の車のテールランプの明かりが樋口さんの端整な顔を照らす。その瞳は蠱惑的《こわくてき》で、心が騒ぎ始める。

「つまり、彼氏はいるのか、ってことなんだけど」

「……あの、えっと……」

なぜそんなことを聞いてくるのだろう。戸惑っていると、樋口さんの唇の端が少し上がった。でも、それは一瞬のことで、すぐに真剣な表情に変わった。

「ずっと聞きたいと思ってた。千葉さんに好きな男がいるのかどうか」

「……」

「知りたいんだ。千葉さんのこと」

いつも以上に、樋口さんに〝男〟を感じる。このシチュエーションで、そこに秘められた想いに気づかないほど私は鈍くない。

でも、どうして私なのだろう……。会社にはもっと素敵な女性はほかにたくさんいるし、樋口さんなら社外での出会いも多いだろう。魅力的な彼なら引く手あまたのはずだ。戸惑うばかりで、私はどう返事をしていいのかわからなかった。

信号が青に変わると、「困らせたかな」と眉尻を下げて、樋口さんは車を発進させた。

まさか私に好意を持ってくれているとは思わなかった。正直に答えるべきだというのはわかっている。でも、彼氏がいないと答えれば、きっと次は好きな人がいるのかという話になるだろう。

杉浦くんへの気持ちを知られるわけにはいかない。とはいえ、好きな人がいないと答えれば、嘘をつくことになる。

自分の素直な気持ち、杉浦くんとの関係、西野さんのこと、そして樋口さんの想い……考えることが多すぎて、返事ができないまま、車は私のマンションの前に到着してしまった。

車のエンジン音が止まり、車内は静寂に包まれる。樋口さんに「千葉さん」と呼ばれ、私は思わず身体を震わせた。

「そんなにビクビクするなよ。襲ったりしないから」

「あっ、すみません……」

「謝られると、逆に傷つくって」

そう冗談めかして言ってくれたけれど、私は気まずさに目を伏せた。

すると、樋口さんがシートベルトを外した。答えるまで帰してはもらえそうになかった。視線を上げると、樋口さんが真っすぐ私を見ていた。

「さっきの答え、聞かせてもらえる？　彼氏がいるのか、いないのか」

「……」

「すぐ答えないってことは、いないってことかな？　それとも、いても迷ってる？　俺にもチャンスがあるって考えていいんだよな」

「それは、あの……」

樋口さんが助手席のシートの背もたれに手を置き、身体を寄せた。彼の唇がゆっくりと開く。

「千葉さんのことが、好きだ」

「……」

「ずっと、千葉さんのことをひとりの女として見てきた。さっき千葉さんが言った〝想っていれば、叶うこともある〟って言葉に背中を押されたんだ。少しでも可能性があるなら、俺とのことを考えてもらえないか？　俺と付き合ってほしい」

樋口さんは本当に素敵な人だと思う。仕事に真剣で、ときに厳しさも見せるけれど、面倒見がよくて、何より優しさに溢れている。どれをとっても魅力的な男性で、人としても尊敬できる。

でも、私の心の中を占めるのは杉浦くんだ。たとえ報われなくても、この想いが消えることはない。この気持ちは、もう自分の手に負えないくらい膨らんでいる。

杉浦くんと出会っていなければ、きっと樋口さんのことを前向きに考えていただろう。そして、好きになって、幸せになれたかもしれない。

でも、それらは仮定の話。はぐらかしても、樋口さんに悪いだけだ。たとえ、これから顔を合わせづらくなったとしても、真摯に応えなければならない。

私は深く息を吸い込むと、覚悟を決めて口を開いた。

「ごめんなさい。お気持ちはすごく嬉しいんですけど、樋口さんの気持ちには応えられません」

「やっぱり好きな相手がいるんだ？」

「……ごめんなさい」

「そっか……」樋口さんのため息がしんとした車内に響く。「でも付き合ってはいないんだよな？」

「……はい」

「じゃあ、俺と同じで片想いか……」

私はゆっくりとうなずいた。

「俺ってさ、あきらめが悪いんだ」

「え？」

「千葉さんが入社したときから気になってて、気づけば好きになってた。おっとりした性格も、笑顔も、真面目で頑張り屋のところも、全部好きなんだ。もっと千葉さんのことを知りたい。今誰とも付き合ってないなら、可能性はゼロじゃないよな？　簡単にはあきらめ切れないし、可能性がある限り、千葉さんを振り向かせるつもりだよ」

「あの樋口さん、でも、私……」

「ゆっくりでいい。すぐに好きになってくれとは言わないから、考えてくれないか？」

樋口さんの強い想いが伝わってきて、胸が痛い。でも、うなずくわけにはいかない。

「ごめ――」

私が改めて断ろうとすると、樋口さんの手が伸びてきて、彼の人差し指が私の唇に触れた。無意識の行動だったのか、彼はすぐ手を引っ込めた。

「断るの、待って。……じゃあ、こうしないか？　半年、俺のことを考えてみてもらえない？　それから、もう一度答えを聞かせてほしい」

「でも……」

「頼む！　どうしても、好きなんだ」

そう言って、樋口さんは頭を下げた。

私はそれ以上、何も言えなかった。時間が経てば経つほど、拒否されたときの傷が深くなってしまうことはわかっている。だけど、自分の想いが相手に届かない苦しさもよくわかっているから、強く拒否できなかった。

こうやって私はまたひとつ、ズルい人間になっていく。


週末は、このまま杉浦くんとの関係を続けていくべきなのか、樋口さんとのことに前向きになるべきなのか、ずっと考えていた。

何度考え直してみても、樋口さんを選んだほうが幸せになれるという結論にたどり着く。でも、私の気持ちは変わらなかった。私は杉浦くんのことが好き。七年半以上も持ち続けているこの気持ちを、簡単に捨てられるわけがなかった。

それだけに、月曜日に樋口さんと顔を合わせるのは気が重かった。いや、杉浦くんともだ。あれから西野さんとはどうなったのだろう。確かめるわけにもいかず、朝会に杉浦くんが訪れると私は顔を伏せて、ふたりの様子を目に入れないようにした。

一方、樋口さんとは仕事上、逃げ続けるわけにもいかず、何度かやり取りをした。初めこそ気まずかったけれど、今までと何も変わらない様子で接してくれて、一日が終わる頃には、私も私情を仕事に持ち込まないようにしようと、ある程度気持ちを切り替えることができた。

そして、今日、火曜日。営業の朝会が終わるのと同時に、樋口さんが私のデスクにやってきた。

「千葉さん。この資料、明後日までにまとめておいてもらえる？　販促に使うから」

「はい。承知しました」

差し出された資料を受け取ると、樋口さんの笑顔が私に向けられる。

「ありがとう。助かる。あと、今日の夕方は用事あったりする？」

「……いえ、特には」

「そっか。じゃあ、夕方戻ってきたら、保管庫に付き合ってもらえるかな」

「構いませんけど、必要な資料があるなら夕方までにオフィスに持ってきておきますよ」

「いや、リストアップが完全に終わってなくて、できれば保管庫で資料を探すのを手伝ってほしいんだ。面倒だと思うけど、頼んでもいい？」

「そういうことなら。わかりました」

うなずく私に、樋口さんは「ありがとう」と言い、分厚いファイルを差し出してきた。

「あと、これ。この前相談されたやつ。少しずつでもいいから目を通してみて」

「この前……あっ、もしかして、医薬品の勉強用の資料ですか？」

「そう。スパルタでいくからそのつもりで」

「えっ」

「なんて。ウソウソ。ぼちぼち勉強したらいいよ。俺も付き合うからさ」

「……はい。ありがとうございます」

樋口さんは「じゃあ、さっきの件はよろしく」と短く言い残し、足早に去っていった。

受け取ったファイルを開くと、そこには医薬品に関する知識が平易な文章と図でまとめられていた。まさに知識の浅い私向けの資料だった。勉強を頑張ると決めたからにはしっかり取り組んでいきたいと思う。でも、必要以上に樋口さんに甘えてはいけないと、心の中で言い聞かせた。

外出先から樋口さんが戻ってきたのは、定時を三十分ほど過ぎた頃だった。「すぐに用意するから先に行ってて」との指示に従い、保管庫に向かった。

三分ほどして、ノートパソコンを手に樋口さんが保管庫に姿を現した。着いて早々パソコンを開くと、必要な資料に関する指示を私に出し始めた。そして、私が探し出した資料を確認しながら、パソコンに次々と入力していく。

話しかけるのもためらわれるほどの樋口さんの集中力に感心しながら、私はできるだけ物音を立てないように注意して資料探しを手伝った。時間が空くと、先日保管庫に運び込んでおいた資料の仕分け作業を行った。

「……こんなもんかな。よし」

それまで鳴り続いていたパソコンのタイピング音が止まり、一時間半ほど続いていた緊張感から解放された。

「千葉さん、ありがとう。助かったよ」

「いえ。ドクターからのご要望ですか？」

「そう。明日までに資料を用意してほしいって頼まれてさ。おかげで無事に持っていけるよ」

「樋口さん、ドクターや薬剤師からいろいろな依頼をされていて本当に大変そうですよね。信頼されている証しでしょうけど」

「基本は医薬品の運び屋だけど、役に立てるならそれでいいんだ。医療を少しでも支えたいからな」

樋口さんの言葉に共感する。直接手渡されるわけではないとしても、こういう考えを持っている人に薬を提供してもらえる患者は幸せだと思う。

片づけを終わらせて保管庫を出ると、窓の外に街灯に照らされた木の葉が風に揺れているのが見えた。冷たい風が吹いているのだろう。想像するだけで身震いしそうになる。

「七時半か。悪かったね。今日はもう帰るんだよな?」

「いえ。夕方に依頼された作業があるので、もう少し残ります」

「そうだったのか、ごめん！　ほかに仕事があるのに付き合ってくれたんだな」

「いえいえ！　一時間もかからないので気にしないでください」

私は手を振って問題ないことを伝えた。年末が近づくこの時期は、仕事が立て込んでしまうのは仕方のないことだ。それはどの部署も同じで、私は自分のやるべきことをするだけだ。

「一時間か……。今からもう一本、打ち合わせがあるから、帰るタイミングは合いそうにないな。送ってやれなくてごめんな」

「いえ、私なら大丈夫ですから」

「暗いからくれぐれも気をつけて」

「はい。ありがとうございます」

笑顔を向けると、突然樋口さんはパソコンを抱えていないほうの手で、私の手を取った。驚いて声も出せないまま、目を見開いていると、樋口さんは口元を緩ませた。

「千葉さん。誕生日、おめでとう」

「……えっ?」

「今日、誕生日だろ？　これが言いたいのもあって、千葉さんに手伝いを頼んだんだ」

「そうだったんですね。ありがとうございます」

今日は私の二十八回目の誕生日だ。今年に限らず、樋口さんは毎年お祝いの言葉をくれていた。だから、純粋に嬉しくて、私も自然と笑顔になる。

「ま、祝うなら仕事を増やすなって話だけどな。ごめんな」

「いえ、仕事は仕事ですから」

「そう言ってもらえると助かるよ。来年はこんな回りくどいことをしないで、ふたりでお祝いできることを願ってるよ」

樋口さんの手に力がこもり、私は左手を握られたままでいることを思い出した。お祝いの言葉に喜んでいる場合ではない。誰かに見られる前に……と思ったときだった。

「樋口さん、千葉さん、こんばんは」

エレベーターホールの方から杉浦くんの声が聞こえた。私は慌てて手を引っ込めると同時に、樋口さんの打ち合わせ相手は杉浦くんなのだと察した。

「杉浦くん、お疲れさま。早いね」

「早めに始められるなら、と思いまして。……お取り込み中であれば、時間までお待ちしますが」

杉浦くんの視線が私に向けられる。見られてしまったのではないかと動揺した私は、反射的に顔を伏せた。

「いや、大丈夫だよ。今から始めよう」

「すみません。よろしくお願いします」

挨拶もせずに目をそらしてしまい、これでは自ら何かあったと白状しているようなものだ。そんな愚かな行動を悔いていると、樋口さんに名前を呼ばれ、ハッとして顔を上げた。

「先に行くよ。あと、プレゼント、千葉さんのデスクに置いてあるから受け取って」

「えっ？」

「返却不可だから。な？」

樋口さんは身体を少し屈ませて、私の耳元で甘く囁くように言った。見上げると、そこにはいつものように大人の笑みが浮かんでいた。有無を言わせないその強い瞳を拒否できず、私は素直にお礼を言うしかなかった。

「……ありがとうございます」

樋口さんは満足そうにうなずいた。

「杉浦くん、例の件だけど――」

「はい」

樋口さんと杉浦くんは早速仕事の話を始めながら、エレベーターホールに向かって歩き出した。

ふたりとも身長が高いうえにスタイルがよく、後ろ姿も様《さま》になる。無駄なシワのないスーツが、デキる男をさらに引き立たせていた。

こんなに素敵なふたりにふさわしいのは私ではなく、西野さんやもっと魅力的な女性であるはずだ。それなのに、きちんとケジメをつけることができない私のせいで、ふたりを縛っていると思うと申し訳ない気持ちになる。

小さくなっていくふたりを見つめていると、曲がり角で杉浦くんが私に視線を向けた。意思を持って向けられたその視線に私は息をのむ。表情に笑みはなく、私のことを見据えるようなものだった。

ふたりが去った後もしばらく、私の頭からその表情が消えることはなかった。

オフィスに戻ると、樋口さんの言ったとおり、デスクにお洒落な紙袋が置かれていた。中をのぞくと、〝Happy Birthday!〟と書かれたカードとともに、両手にちょうど収まるサイズの箱が入っていた。嬉しさよりも罪悪感でいっぱいだった。

残務が完了したのは、八時半過ぎ。樋口さんは打ち合わせに行ったまま、まだ戻ってこない。

何も言わずに帰るのも悪い気がして、私は「お疲れさまでした。プレゼントありがとうございました」というメモを樋口さんのデスクに残して、オフィスを後にした。

ついこの前まで、杉浦くんがオフィスを訪れる朝は嬉しくて仕方なかったし、毎週木曜日が待ち遠しかった。

それなのに、四人で食事に行ったあの日を境に、目の前の世界の見え方が一変してしまった。絶えず不安で、小さなことで心が掻き乱される。

「最近、にしのん、綺麗になった気がする」

「え？　そうですか？」

木曜日の昼休み、外でランチを済ませてオフィスに戻ってくると、西野さんと彼女と仲のいい町田《まちだ》さんが手作りのお弁当を並んで食べていた。営業事務のシマにいるのは、彼女たちと私の三人だけで、楽しそうに話をしているふたりの邪魔にならないように、自分のデスクに座ると私は買ってきた雑誌を読み始めた。

「もともと可愛いけど、艶っぽくなったっていうか、大人っぽくなった？」

「わ。その言葉、嬉しい！　新商品のパックが効いてるのかな。バラの香りがすごくよくて、パックした後はお肌がもちもちになるんです」

「そうなの？　それどこのパック？　って言うか、にしのんがパックするほど気合い入れるなんて……あっ、もしかして杉浦さんのためだったりする？」

「えっ⁉」

「やだ、にしのん。何、その反応？　可愛い！」

突然杉浦くんの名前が出てきて、ページをめくりかけていた手が止まる。

「いや、あの……じつは、はい」

「本当に杉浦さんに関係してるの？　何かあったの？　教えて、教えて！」

まるで心臓を引き裂かれるような痛みが走る。先を聞けば、自分を苦しめるだけなのに、聞かずにはいられない。

「この前、樋口さんに連れられて一緒に食事をする機会があったんですよ。それでその帰りに勇気を出して誘ってみたんです。〝食事に行く日を決めてもいいですか？〟って。そしたらうなずいてくれて」

「きゃーっ！　じゃあ、その日のために準備してるんだ」

「はい。食事に行くのはまだ少し先なんですけど、それまでに少しでも彼にふさわしくなりたくて。そういうのって、ちょっと重いですかね？」

「重いわけないじゃない！　こんなに可愛い子からそんなふうに想ってもらえるだけで、男ならイチコロよ！」

「可愛いなんて……」

照れた様子で語る西野さんの話を、町田さんは興奮気味に聞いている。でも、私の心には、黒い感情しか生まれてこない。

「それで、告白もしちゃうの？」

思わずページを握りしめる。もし西野さんが告白したら、杉浦くんはどう答えるのだろう。もし杉浦くんの気持ちも、西野さんに傾いているとしたら……。

「それはまだ早いかなって……。でも、これからはもっとアピールしていこうって思ってます」

「きゃー！　私、ふたりの恋を応援する‼」

盛り上がっている彼女たちを背に私は立ち上がり、視界が揺れているのを感じながらオフィスの出口に向かった。もうこれ以上、聞いていないふりをするのは限界だった。

人気のない廊下を重い足取りで歩く。気がつけば、涙が頰を伝っていた。服の袖でぬぐうけれど、涙は次から次へと溢れ出てくる。

少し前までは、たとえ杉浦くんに恋人ができたとしても、終わりを切り出されるまでは今の関係を続けたいと思っていた。ズルイ女でも、悪い女でも、なんでもいいと思っていた。

でも、それでいいはずはない。本当は、杉浦くんに大切な人ができることを、私はいつも恐れている。

ほかの子を好きにならないで……私のことを好きになって……お願い、離れていかないで……。

廊下の隅にたどり着くと私は、その場に崩れ落ちるようにしゃがみ込み、声を殺して泣いた。


その日の午後七時、私は今泉《いまいずみ》にある創作イタリアンの店〝リーヤ〟の前にいた。

杉浦くんに会うのが怖い――。そう思ったのは、あのとき以来だ。それは初めて杉浦くんに抱かれてから数日後、「俺の部屋で会いましょう」と呼び出されたときのことだ。

失敗した。間違えた。雰囲気に流されただけ。その場のノリだった。そんな言葉を彼に言われるのが怖くて、彼の部屋のチャイムをなかなか鳴らせなかったことを今でも覚えている。

それ以来、不安になる日がなかったわけではない。ただ、それらはぼんやりとした不安であって、そこに〝西野さん〟のような具体的な存在があるわけではなかった。

　でも、今回は違う。もし杉浦くんの気持ちが西野さんに傾けば、今日にでも〝好きな子ができたから終わりにしよう〟と言われてもおかしくない。かといって、会うのを避ければ、余計に事態を悪化させるだけということもわかっている。私は不安な気持ちを抱えたまま、店内に足を踏み入れた。

　杉浦くんは先に到着していた。目が合った瞬間、彼はいつもと変わらない笑顔を向けてくれた。だから、私もいつもどおりに振る舞おうと心に決めた。もし終わりが待っているとしても、ふたりで過ごすことのできる、この時間を大切にしたいと思った。

　料理が運ばれてきて、ふたりでシェアしながら食事を進める。サラダやピザ、和牛のグリルの後に出てきたチーズリゾットを、杉浦くんは笑顔で口に運んでいる。

「やっぱり、ここのチーズリゾットは最高ですね」

「うん。いつ食べてもおいしいよね」

「目の前でリゾットを作ってもらえるのも贅沢だし」

「本当に、それ最高だよね！　チーズの香りがまたいいの」

　この店のチーズリゾットは、直径三十センチはあると思われる大きなチーズの塊の中で、熱々のリゾットと削られたチーズを絡めて作られる。その光景を席のすぐそばで見せてくれるサービスがあって、そのビジュアルはもちろんのこと、チーズの香りが食欲をそそるのだ。

私も杉浦くんもチーズには目がなく、この店に来るたびに同じ会話をして盛り上がる。それでも退屈ということは少しもなくて、楽しくて仕方がない。そんな幸せな時間と彼の笑顔が、私の中の不安をどこかに吹き飛ばしてくれた。

食事を終える頃、会話が途切れたタイミングで、私は言わなければいけないことを口にしようとする。

「杉浦くん」

「はい、なんですか?」

「えっと……この後のことなんだけど……」

本当はいつもどおりに過ごしたいと思うけれど、今日は月に一度訪れるあの日で、杉浦くんにそのことを伝えなければならない。これまでに何度も言ってきたことだけれど、そのたびに私は口ごもってしまう。

「……あぁ、わかりました。大丈夫ですよ。そろそろかなって思ってましたから」

「なんか恥ずかしい」

「今さら? 別に恥ずかしがることじゃないでしょ。大事なことです」

「うん、ありがとう……」

怒りも呆《あき》れもせず、杉浦くんは私の言葉を受け入れてくれる。そして、「体調は悪くないんですか？」と気遣ってくれた。

普通のセフレなら「できないなら会った意味ないな」「生理中でもできるだろ？」と言われてもおかしくないのに、いつも彼は私を尊重してくれる。そんな彼の優しさが嬉しかった。

「うん。大丈夫だよ」

「それならよかった」

杉浦くんの安堵した表情を見つめ、こういうところも彼の好きなところだと改めて思う。

「じゃあ、今日はもう少し一緒にいましょうか」

いつもなら、会計をして帰ってもいい時間になっている。それなのにこんなふうに言ってもらえて、嬉しくて涙が出そうになる。独りよがりかもしれないけれど、たとえ抱き合えなくても一緒にいたいと言われているみたいだ。

そんな気持ちに気づかれて、重く思われないように、私は笑顔を向ける。

「うん」

「梓さん、この店、好きですよね。俺も気に入ってますけど。やっぱり今日はここにして正解だった」

杉浦くんは私に笑いかけてくれた後、「いつものカフェモカでいいですか?」と尋ねる。私がうなずくと、店員を呼び注文してくれた。

「外、綺麗ですね」

「うん……」

窓の外に広がる夜景に目を移す。車のテールランプ、街灯、ビル群の明かり、さらに今の時期はイルミネーションも灯っていて、街は普段より何倍も煌めいている。でも、それ以上に、店内の淡い明かりを反射して輝く杉浦くんの瞳が綺麗で、私は夜景を見るふりをしながら密かにその瞳を見ていた。

私と杉浦くんは何度もここで一緒の時間を過ごしてきた。初めて訪れたのは、杉浦くんが大学を卒業する前のことだ。当時から店選びは杉浦くんにお任せすることがほとんどだったが、ここは私が雑誌の特集で知って、提案したお店だった。それ以来、彼は年に何度か、ここに誘ってくれるようになった。

社会人になった杉浦くんのスーツ姿が様になってきた頃、少しでも彼に見合うようにと、私は服の雰囲気を少しずつ変え始めた。するとある日、まさにこの場所で、「今までも梓さんらしくてよかったけど、今日の服の感じもすごくいいですね」と言ってくれたのだ。ほんの少しの変化に気づいてもらえることがこんなに嬉しいことだと知ったのは、そのときが初めてだった。

彼女でもないのに、杉浦くんは私にこんなに優しくしてくれる。もし本当の彼女だったら、どれほど優しくされるのだろう……。そんな考えても仕方のないことを、つい想像してしまう。彼と一緒にいればいるほど、彼のことを知りたいという気持ちが、私の中で大きく膨らんでいく。

ふと西野さんの笑顔が頭に浮かんで、不安な気持ちが頭をもたげそうになるけれど、ほんの数秒、私は目を閉じて、彼女のことを消した。今は杉浦くんのことだけを考えていたい。

窓の外から店内に視線を戻すと、杉浦くんが私を見つめていた。その透き通った瞳に一瞬にして射抜かれ、胸が波打つ。このままだと心臓が破裂してしまいそうで、私は頭の中に浮かんだことをとっさに口にした。

「あっ、杉浦くんって藤崎に住んでるんだね」

すると、杉浦くんから笑顔が消え、渋い表情に変わった。

「……そういえば、この前知られたんでしたっけ。じつはそうなんです」

「あの……いつも送ってくれるけど、逆方向だし、遠いのに、気がつかなくてごめんね」

「いいんですよ」

杉浦くんは深いため息をついた。その様子に私は動揺する。

住んでいる場所を話題にしたのは、私たちの関係では明らかなルール違反だ。そのせいで気を悪くしたのだろうか……。

ところが、杉浦くんの口からは、予想外の言葉がこぼれた。

「そう言われるのが嫌だから、黙ってたのに……」

「えっ?」

「〝送らなくていい〟って言うのはなしですからね。これからも今までどおりにしますから」

「あの、でも……負担になるでしょ?」

「大丈夫です。俺がしたくてしてることです。それに、金曜の朝はそのまま仕事に向かってますから、なんの問題もありません」

「そのまま?」

「替えのシャツとか、そのほかもろもろ持ってきてるんですよ。ホテルでシャワーも浴びてるし……って、なんか、ネタバラシするのカッコ悪いな」

杉浦くんはばつの悪い顔をして、再びため息をつくと、「そういうことですから、この話は終わりにしましょう」と言って、話を打ち切った。

杉浦くんはどうしてこんなに私に優しくしてくれるのだろう。期待してしまうようなことはしてほしくないと思うのに、嬉しいと思ってしまう。優しさの理由がなんであれ、今の自分の素直な気持ちを、彼にちゃんと伝えたかった。

「ね、杉浦くん……」

「なんですか？」

「ありがとう」

泣きそうになりながらも、私は笑みを浮かべて伝えた。

ちょうどそのとき、頭上から店員の声がした。

「お待たせいたしました」

私の目の前に、数種類のケーキが載った丸いプレートと、大きさの違うハートがふたつ寄り添うようにラテアートで描かれたカフェモカが置かれた。ドリンクしかオーダーしていないうえ、この店でカフェラテ系の注文をしたことは何度かあるけれど、ラテアートが施されているのは初めてだ。いったいどうしたのだろうか。

私は店員を見上げて口を開く。

「あの、これ……」

「梓さん。いいんですよ」店員の代わりに杉浦くんが答える。

「え？」

「では、ごゆっくり」

店員は満足そうに微笑みながらお辞儀をして、立ち去っていく。私は状況が理解できず、杉浦くんに問いかける。

「ね、どういうこと？」

「まだ、わかりませんか？」

「何が……あっ！」

杉浦くんが指差した先を見ると、プレートにチョコレートで〝Happy Birthday!〟の文字が書かれている。プレートの中央には、私の好きなガトーショコラとチーズケーキ、そしてバニラビーンズがたっぷり入ったバニラアイスが載っていて、周りには真っ白なホイップクリームと鮮やかなベリーソース、ミントの葉で彩られていた。

「二日遅れですけど、お誕生日おめでとうございます」

驚きのあまり何も言えずにいると、杉浦くんが私の顔をのぞき込んでくる。

「あれ、もしかして俺、外しましたか？」

「や、そうじゃなくて……。覚えててくれたの？　わざわざ予約までしてくれてたってこと？」

「梓さんの誕生日を忘れるわけないでしょ。本当は一昨日言いたかったんですけど、樋口さんもいたから。今年も言えてよかった」

目の前の杉浦くんの穏やかな笑顔が、かすかに滲んで揺れる。

一昨日、友達や家族からはお祝いのメールを、樋口さんからはジャムの詰め合わせをもらった。でも、特別なことは何もなく一日が終わった。樋口さんに来週お礼を返そうと思っているくらいで、誕生日の余韻もなく、昨日、今日と過ごしていた。

杉浦くんは毎年、さり気なく私の誕生日を祝ってくれる。でも、そのさり気なさは、いつも私の予想を超えていて驚かされてしまうのだ。

去年はライトアップされた福岡タワーに突然連れて行ってくれて、お祝いの言葉をくれた。潤んだ瞳で見つめた福岡タワーも、展望室から見た夜景も幻想的で、最高に幸せな時間だった。

私のほうはといえば、彼の誕生日を迎えても何をしたらいいのかわからず、ただ「おめでとう」と言うことしかできないのに……。

「ありがとう。すごく嬉しい」

「喜んでもらえてよかった。あ、ほら、アイス溶けちゃわないうちに食べてください」

「うん」

店員が持ってきたグラスに入ったフォークを手に取り、ガトーショコラをひと口大に切る。それにホイップクリームとベリーソースをたっぷり絡めて口に運ぶと、甘さと甘酸っぱさが口いっぱいに広がった。

「美味しい！」

頬に手を当てて味わっていると、杉浦くんのかすかな笑い声が聞こえた。

「梓さん、クリームついてる」

「えっ？」

杉浦くんは私の唇を親指でなぞると、そのまま自分の唇に運んで舐《な》め取った。

「甘いですね。俺も食べていいですか？」

「あっ、もちろん！　気づかなくてごめんね」

杉浦くんの行動に胸をときめかせながら、グラスに入ったフォークを渡そうとすると、杉浦くんはそれを無視して、フォークを持ったままの私の右手を掴んだ。そして、そのままガトーショコラとクリームをすくって、自分の口に運んだ。

動かしていたのは杉浦くんの手だというのに、まるで私が食べさせてあげたような感覚を覚え、急激に身体が熱を帯びていく。

「うん。美味しい」

「それはよかった、ね」

恋人同士みたいな彼の行動に動揺してしまう。でも、それ以上に私は幸せな気持ちでいっぱいだった。

どんなに彼への想いを抑えようとしても、まるでブレーキが壊れた車のようにスピードは落ちない。私はデザートを食べ終えるまで、幸せしか感じることができなかった。


店を出たのは閉店間際だった。コインパーキングに駐めてあった杉浦くんの車に乗り込んで、助手席に座った瞬間、現実に引き戻されたように幸せな気持ちは一気に冷めた。押しやったはずの〝彼女〟の存在を思い出したからだ。

数日前、ここには西野さんが座っていたはずだ。もしかしたらこれから先、この場所は西野さんだけのものになるかもしれない。そう思うと、嫉妬心にのみ込まれそうだった。それは今まで感じたことのない感情だった。

「あ、そうだった。梓さん。これあげます。食べてください」

「えっ？」

ルームランプがついて、車内がやわらかな光に包まれる。運転席に顔を向けると、杉浦くんの笑顔があって、私の中を覆い尽くそうとしていた黒い感情をまき散らしてくれた。

「取引先でお菓子をたくさんもらったんです。ひとりじゃ食べ切れないし、梓さん、甘いもの好きでしょ？」

杉浦くんは運転席と助手席の間に置かれていた紙袋を手に取り、私に差し出した。それを受け取った私は「見てもいい？」と、断りを入れてから中をのぞき込む。中には、チョコレートやマカロン、マドレーヌなどいろいろなお菓子が入っていた。

「こんなにたくさん、いいの？」

「もちろん」

「嬉しい。ありがとう。遠慮なくいただくね。あっ、ここのチョコレート大好き！」

「喜んでもらえてよかったです」

お菓子をもらったことよりも、杉浦くんからもらったことが嬉しかった。ほんの小さな出来事でも、私にとっては幸せなことなのだ。杉浦くんだけが、私をこんな気持ちにさせてくれる。

「今日はもらってばかりだね」と私が口にしたとき、ルームランプが消された。名前を呼ばれて杉浦くんの方を向くと、彼の手が伸びてきて私の頬に触れた。

外からの淡い明かりを受けた杉浦くんの笑みが、暗さに慣れてきた私の目に映る。その表情に胸が甘く締めつけられる。

「お礼、ください」

「んっ……」

杉浦くんの唇がぶつかるように私の唇に触れ、すぐに離れた。突然のキスに目を閉じる間もなかった。彼の指が私の頬や唇の感触を確かめるように、優しく這っていく。

「杉浦くん……」

「うん。今日はこれだけで我慢します」

そう言って、杉浦くんは再び唇を重ねると、感触を確かめるように啄《ついば》み、食んでくる。しばらくそのまま身を委ねていたけれど、もっと彼の熱に触れたくて、私は彼の首の後ろに腕を伸ばした。頭を撫でるようにして彼の髪に触れると、彼も私の腰と頭の後ろに自分の腕を回した。

触れて離れてを繰り返す唇から漏れる吐息、鼻から抜けるような甘い声が車内に響く。

「ん、っ……」

コインパーキングだから、誰に見られてもおかしくない。でも今の私は、人目も気にならなかった。西野さんの存在も頭の中から消えていた。

……大丈夫。闇が私たちを隠してくれる。

次第にキスは深くなっていく。まるで今日抱き合えない寂しさを埋め合うように、何度も何度も唇を重ねてお互いの熱を確かめ合う。このまま溶け合ってしまいそうだった。

好き。杉浦くんのことが好き。あなたのことがもっと欲しい……。声にできない想いを、私は唇を合わせることで伝える。

しばらくして、どちらからともなく唇が離れた。力が抜けて杉浦くんの肩に回していた腕が落ちそうになる。もっと彼に近づきたいのに、運転席と助手席の距離がもどかしい。

杉浦くんが額と額を合わせて、私の瞳をのぞき込む。

「可愛い、梓さん。そんなに夢中になって。……本当は、今日したかった?」

「……うん」

素直に答えたけれど、照れくさくて目を伏せた。

「ダメですよ。そんなこと言っちゃ。我慢してください。俺も我慢してるんですから、これ以上煽《あお》らないでください」

視線を戻すと、杉浦くんが笑顔を向けてくれていた。この笑顔も、声も、言葉も、すべて私だけのものにできたら、もっと幸せな気持ちになれるのだろう。だから、今だけでもいい。私のものになってほしい。

「我慢できない、って言ったらどうする?」

「梓さん……」

私は杉浦くんの呼びかけに答えず、彼に向かって腕を伸ばす。そして彼の髪に触れるのと同時に頭を引き寄せ、ただ本能のまま彼の唇を求めた。

身体が勝手に動く。止めることができない。杉浦くんがほしい。誰にも取られたくない……。

ぎこちなく唇を合わせる私に対して、彼は拒否することも、求めてくることもなく、身を任せていた。でも、すぐに私の身体を支えていた彼の腕に力がこもり、私の身体をゆっくりと、でも、強い力で引き離した。

「……はい、冗談はそのくらいにしましょう。今日はもう終わりです」

杉浦くんの声は何かを抑えるような低いものだった。そう気づいた瞬間、私は我に返った。

独りよがりな行動をしてしまった。後悔の念が襲ってきて、口を開くこともできなかった。一方、杉浦くんは冷静な様子のままだ。私たちの間には大きな温度差があるように感じた。

「帰りましょうか。駅まで送ります」

「……うん」

杉浦くんの手が離れ、シートベルトを締める。私は何も考えられないまま、シートベルトを締めた。

彼の熱を失った身体、無言の空間、心にぽっかり穴が開いたような感覚……。杉浦くんとキスをしているときはひとつだった気持ちに、一気に距離ができた気がした。

いや、そうではない。私の気持ちは杉浦くんにあっても、杉浦くんの気持ちは私にはないのだから、私たちの気持ちがひとつになることなんてない。たとえ身体は交わっても、心が交わることはない。

私は杉浦くんから今、これ以上踏み込むなと、はっきり線を引かれたのかもしれない。

「ごめんね」とも、「冗談だよ。驚いた？」とも言えず、窓の外に流れ出した景色を私はただ見つめていた。

綺麗なはずのイルミネーションが滲んで、歪んで見えた。

第三章　私は魔法にはかかっていない

忘年会シーズンということもあり、大名《だいみょう》の街はいつも以上に活気で溢れている。そんな大名のど真ん中、ＤＭＹビルの三階にある居酒屋〝黒田庵《くろだあん》〟もご多分に漏れず、多くの人で賑わっていた。

「かんぱーい！　メリクリー」

今日は、私が大学時代に所属していたサッカーサークルの毎年恒例となっている忘年会だ。美咲の旦那さまであり、私が所属していた頃の部長でもあった、お祭り好きの哲くんが中心となり、大きな個室には総勢二十人を超える男女が集まっていた。年末までは十日以上あるけれど、この忘年会に参加するために東京から福岡に戻ってきたという人もいる。

その中で、今回参加している女子は、私と美咲、ひとつ下のりっちゃん、ふたつ下のまほちゃんの四人だ。私たちはひとつのテーブルに集まり、料理を食べながら会話に花を咲かせていた。

「りっちゃんって結婚したんだよね？　相手はＩＴ会社の社長だって哲に聞いたんだけど、ほんと？」

「はい。じつは」

「じゃあ、社長夫人なんだ！　素敵。おめでとう！」

みんなが次々に「おめでとう」と口にする。祝福の言葉にりっちゃんは幸せそうな笑顔を浮かべた。

「ありがとうございます。でも、旦那が社長っていっても、普通ですよ。贅沢が嫌いな人だし、私以上に堅実なんです」

「いーじゃない。堅実だなんて、デキた旦那さんでうらやましいー。だって、うちの見てよ。十二月に入ってから浮かれっぱなしで、うるさいったらありゃしない」

「あははっ！　哲先輩、すごく張り切ってますもんね」

「張り切りすぎよ。もう」

美咲が指差した先では、哲くんがふたつ上の先輩に「さぁ、先輩！　飲んで飲んで」と調子よくビールを注いでいる。先輩や周りの人たちは呆れたように笑っているけれど、嫌な顔は一切していない。哲くんは昔から明るくて、場の雰囲気を作り出すことが得意だからだろう。おちゃらけモード全開の哲くんに、美咲が眉をひそめる気持ちもわかるけれど、年に一度の集まりだから今日くらいはいいように思う。

私は美咲の隣で、魚介類と生野菜の生春巻を頬張る。この店は福岡県内の産地直送の食材や魚介類の新鮮さをウリにしていることもあって、本当に美味しい。サークルや友達との旅行で、福岡以外の地元料理を食べたことは何度かあるけれど、こういうお店に来ると、改めて地元福岡の食べ物が好きだと実感する。

社会に出て四、五年もすると、結婚している人が多くなり、話もそちらに傾きがちだ。幸せそうにしているのを見ると、自分は何をしているのだろうと思うものの、焦っても仕方がないと言い聞かせる。

そんなことを考えていると、突然頭を後ろから軽く叩《たた》かれた。振り向く前に、哲くんが満面の笑みで私の顔をのぞき込む。あまりに距離が近くて、私は思わず身体を引いた。

「哲くん⁉」

「よっ、あずき！　挨拶しに来てやったぜ」

「あっ、うん。ありがとう」

「ちょっと、哲、なんなの？　その偉そうな感じ！」

哲くんは昔から私のことを〝あずき〟と呼ぶ。いつもの調子の哲くんに、私は笑ってうなずくだけだったけれど、美咲が睨《にら》みを利かせる。

「何って、俺は美咲の旦那さまだからな。偉いに決まってんだろ」

「はぁ？　意味わかんないから」

ご機嫌な様子で挨拶回りをしている哲くんは、女子だけの空間にもあっさりと入り込み、ほかのふたりにも「みんなも久しぶりだなー。元気だったか？」と話しかけ、場を盛り上げる。

「あっ、りっちゃん、結婚おめでとうな！」

「ありがとうございます」

「旦那が社長ってすげぇよな。っていうか、そうだよ。いい加減、あずきも社長とか捕まえて……って、あれ？」

「えっ、哲くん？　どうかした？」

突然哲くんが会話をストップし、私の顔を至近距離で食い入るように見る。後ずさろうとすると、阻止するように私の頭に手を乗せ、いつになく真面目な顔をして口を開いた。

「あずき、少し見ねぇうちに、何か変わってねぇか？」

「特に何も変わってないけど……え、もしかして太った？」

思わず自分の頬に手を当てる。太った自覚はないけれど、年末で仕事が忙しかったせいでむくみ気味なのかもしれない。

「いやーなんていうか……そう！　綺麗になった気がする。うん」

「はっ？」

哲くんの発言とは思えない言葉にきょとんとしていると、隣にいた美咲が哲くんの背中を強く叩いた。それと同時に、哲くんが私から離れる。

「美咲、何すんだよ！」

「梓を口説くのやめてよ！　私の大事な親友なんだから、軽々しく触んないで‼　梓が綺麗なのは昔からじゃない。いまさら気づくなんて遅すぎるわ」

「ひゃっ！」

美咲が哲くんを押しのけるようにして、横から私の身体を抱きしめる。バランスを崩した私は、美咲のやわらかい胸に寄りかかってしまった。その瞬間、美咲と哲くんが同じ香りをまとっていることに気づき、なんだかくすぐったい気持ちになる。

「突っ込むの、そこかよ。普通は自分の旦那がほかの女に〝綺麗〟って言ってることに妬くもんじゃねぇの？　っていうか、そうか！　今のは美咲なりの嫉妬か」

「は？　嫉妬なんてするわけないでしょ。梓に寄りつく悪い虫を追い払うのが私の役目なだけよ」

「何言ってんだよ。俺のことを愛するのが美咲の使命だろ」

「バカなこと言わないでよ。そんな使命、一度も持ったことないし、これから先も持つつもりないから」

「マジで？　それショックなんだけど……」

　大きく肩を落とし、哲くんが悲しそうな表情を浮かべる。「じゃあ、みんな存分に楽しい時間を過ごせよ……」と言い残して、すごすごとほかのテーブルに行ってしまった。

　そんな哲くんの後ろ姿を見ながら、美咲は「まったく仕方のない男」とひとことこぼすと、呆れたようにため息をついた。でも、その表情はやわらかい。

　こんなふうに美咲の愛情表現は少し変わっているけれど、哲くんを誰より大切に想っていることは、周りの私たちはみんな知っている。

　まほちゃんが目を輝かせながら言う。

「哲先輩、相変わらず楽しい人ですね」

「うるさいだけよ。今日は放っておくけどね。誰か相手するでしょ」

　哲くんの声のする方を見ると、すでに立ち直った様子で、別のテーブルで楽しそうにおしゃべりをしていた。そこには、哲くんに肩を組まれながら絡まれている杉浦くんの姿があった。

　サークルの飲み会なので、毎年杉浦くんも欠かさず出席している。今日の杉浦くんは、先月、サッカースタジアムに行ったときのスポーティーな服装とは違い、首元が開いたダークブルーのボーダーのカットソーに、脚の長さを引き立たせるようなブラックのカーゴパンツを穿《は》いていてシックな装いだ。いたってシンプルなのに、お洒落でカッコよく見えるのは、容姿がいいからだろう。

　杉浦くんに誕生日を祝ってもらった日からこの一カ月間、これまでと変わらない関係が続いていた。身体も一昨日重ねたばかりだ。木曜日が来るたびに不安になるけれど、関係を続けてくれていることが嬉しくて、私は流されるまま日々を過ごしていた。

　それでもオフィスで杉浦くんと西野さんが話している姿を見ると、いまだに胸を締めつけられる。ふたりの様子を見る限り、まだ付き合ってはいないようだけれど、一歩一歩距離が近づいているように感じていた。先日も、つまずいて転びそうになった西野さんを、杉浦くんが助けている光景を見た。そのときのふたりの間に漂う空気は、まるで恋人同士のようだった。

　負の感情が押し寄せてきて、手元のグラスに目を移すと、りっちゃんの明るい声が耳に飛び込んできた。

「やっぱり憧れちゃうなー。美咲先輩と哲先輩みたいな夫婦」

視線を上げると、りっちゃんが胸の前で両手を合わせ、瞳を輝かせていた。

美咲は手を左右に振りながら苦笑する。

「そんな立派なもんじゃないよ」

「いいえ！　私にとっては憧れなんです。いい意味で友達の延長線というか……ちゃんと言いたいことをお互いに言い合って、お互いに無関心になることもなくて、いつも楽しそうだから」

「うーん、そういう意味なら、あながち間違ってないかもしれないかな」

「やっぱり！」

「楽しいっていうか楽なんだよね。我慢せずになんでも言い合えるのって」

そういう関係を築いている美咲と哲くんは、本当に素敵な夫婦だと思う。

「そういうところがいいんじゃないですかー。私もそうなれるように、旦那と楽しく過ごそうと思います」

「うん。きっとなれるよ！」

「梓先輩は？」

「えっ？」

「彼氏さん、いないんですか？」

「あ、うん……。残念ながらいないの」

悪気のないまほちゃんの不意打ちに、できるだけ明るく答える。

「えー‼　そうなんですか？　梓先輩、見た目も性格も美人なのに、世の中の男は見る目がありませんね」

「そ、そんなことないよ……」

私はまほちゃんからの褒め言葉を慌てて否定した。すると美咲が前のめりになってテーブルに両手をつき、熱い調子で言う。

「でしょー。まほちゃんの言うとおり！　こーんなにいい子の魅力に気づかないなんて、バカな男ばっかり」

「ちょっと、美咲……」

「本当ですよね。っていうか美咲先輩、大学のときと変わらず梓先輩への愛が溢れまくってますね」

「当然！　私、梓のこと、誰よりも一番愛してるもの」

「えっ⁉」

「ちょちょちょーい！」

私が目を丸くすると同時に、少し離れたテーブルから哲くんの声が飛んできた。「哲先輩、落ち着いて！」という男子の声も聞こえてくるけれど、哲くんはお構いなしに叫ぶ。

「美咲、お前何言ってんだよ！　俺は？　美咲が一番愛してんの、俺じゃねぇの⁉」

「哲は黙ってて！　ほんとね、梓は愛されるべき子なのよ」

美咲が私の肩を掴んで引き寄せたかと思うと、頬にキスをしてきた。

「ちょっと、美咲」

「こらぁ！　美咲‼　あずきも何ぼんやりしてんだよ。大人しくキスされてんじゃねー」

「哲先輩、ほら、ビール飲んで落ち着いてください」

「あはは！　やだぁ〜、美咲先輩、サイコー」

「梓、本当に可愛いんだもん。食べちゃいたいー」

美咲が私を抱きしめてくる。女子だけではなく、哲くんが騒ぐせいで、男子たちの注目も集めてしまい、私は顔を赤らめた。

美咲が酔っぱらって私に絡む光景はみんなも見慣れているはずだけれど、キスされるところを見られるのは、さすがに恥ずかしい。とはいえ、十年も付き合っていれば、こうなった美咲を止めることができないこともわかっている。私はされるがままでいることしかできない。

困っていると、哲くんが男子たちになだめられている様子が目に入ってきた。そのすぐそばで杉浦くんは、なんとも形容しがたい表情をしながら、私を見て笑っている。

杉浦くんもさっきまでは哲くんに絡まれていて、困った顔をしていたのに、この騒ぎで解放され、余裕の様子だ。

「ねぇ、梓先輩。このまま美咲先輩を哲先輩から奪っちゃいましょうか」

「なっ、まほちゃんってば、何を言い出すの？」

「だって、三角関係なんでしょ？」

「違うよ！」

冗談半分とはいえ、じつは大学時代にも美咲との関係を疑われていた。今はもう哲くんと結婚しているというのに、蒸し返されてしまい、私は強く否定する。

「大丈夫よ、梓。私がちゃーんと養ってあげるから」

「こらー、あずき！　美咲は俺のモンだからな。渡さねーぞ！」

「もう、美咲！　飲みすぎちゃダメだよ」

「大丈夫！　でも、哲のことはさっくりスルーしちゃうのに、私のことはしっかり心配してくれる真面目な梓も、私、大好きよ」

「……ありがとう」

とりあえずお礼を言うと、美咲は満足げに微笑んだ。

その後も、みんな大盛り上がりで、私もおしゃべりに花を咲かせた。

二時間ほど過ぎた頃、気持ちを少し落ち着かせたくなり、私は部屋をそっと抜け出し、お手洗いに向かった。

冷たい水で洗った手で火照《ほて》った頬を冷やす。気が置けない仲間たちとの飲み会ということもあって、会社の同僚と飲みに行くときよりも、ハイペースでお酒が進んでいる気がする。そろそろセーブしたほうがいいかもしれないと思いながら、私はお手洗いを出た。

この居酒屋は個室がいくつもあり、通路は迷路のようだ。私は迷いそうになりながらも記憶をたどり、みんなのいる部屋に向かう。

おしゃべりも楽しいけれど、サークル仲間と無邪気に笑う杉浦くんを見ることができるのが何より嬉しかった。大学の頃は日常の光景だったけれど、今では貴重な時間に感じられる。今日くらい不安なことは忘れて、素直な気持ちで杉浦くんのことを見つめていたい。

まるで自分に魔法をかけているようだと思いながら歩いていると、突然私の身体に強い力がかかった。

「あっちゃーん」

「きゃあっ！」

後ろから抱きつかれ、お酒の匂いが鼻につく。何が起こっているのかわからなくて、私は自分の肩に絡みついている腕を掴み、必死に引き離そうとする。

「だ、誰？」

「あっちゃん、ちっちゃいねぇ～。可愛いねぇ～」

「は、放して……」

「ほら、照れてないでもっとこっちにおいで」

「やだ……」

私の言葉は男にまったく通じず、むしろ、さらに強い力で抱きしめられた。

怖くて振り向くこともできない。でも、声に聞き覚えはないし、こんなふうにふざけたことをしてくる人は私の知り合いにはいない。たしかに私は〝梓〟だけど、明らかに〝あっちゃん〟違いだ。

「離してください！」

「あっちゃんは今日も可愛いなぁ～。今日はお持ち帰りしちゃおうかな?」

「や、やだ!」

男が私の首元に顔をすり寄せてきて、全身が鳥肌に覆われる。いくら相手が酔っているとはいえ、男の力に敵うはずもない。どうにかしてこの男から離れようとして、身体に力を込めるけれど、離れることはできない。

不安が高まり、血の気が引いた瞬間だった。

「梓さん!」

顔を上げると、そこには殺気だった表情で杉浦くんが立っていた。私は助けを請うように腕を伸ばし、彼の名前を呼ぶ。

「杉浦くん!　助けて!」

駆け寄ってくる杉浦くんの姿が、まるでスローモーションのようだった。杉浦くんは私がどんなに抵抗しても離れなかった男の腕をいとも簡単に捻り上げた。

「いてぇ!」

「何をしてるんですか。彼女に触れないでください!」

杉浦くんは男が怯《ひる》んでいる隙に、私を救い出してくれた。私は震える身体をどうにか奮い立たせて杉浦くんの胸に飛び込み、必死にしがみついた。杉浦くんは私を力強く抱きしめてくれた。

恐怖のせいで声も出せず、私は何度も心の中で杉浦くんの名前を呼んだ。

「彼女は返してもらいますよ」

「はぁ？　何言ってんだよ、てめぇ。手ぇ離せよ！」

「暴れないと約束していただけるなら」

杉浦くんは男に冷静に対処している。私は怖くて泣きそうになるのを堪えながら、杉浦くんの服を強く握りしめていた。

「梓さん、大丈夫ですか」

「おい！　お前は誰だ？」

男の怒声が飛んできて、私は身体を震わせた。すると、私を抱きしめる杉浦くんの腕にさらに力がこもった。

「俺ですか？」

杉浦くんの声にはいつもの穏やかさはない。胸に埋めていた顔をゆっくり上げると、鋭い形相で相手を見据えていた。

杉浦くんの形のいい唇がゆっくり動く。

「俺は彼女の恋人ですよ」

「こ、恋人だと⁉」

　私は杉浦くんの言葉が上手くのみ込めず、呆然と彼の顔を見つめる。

「あなたもわかると思いますけど、ほかの男に自分の大切な女性が手を出されたら、黙っているわけにはいきませんよね？」

「……」

　杉浦くんの冷静な態度と声色に怯んだのか、男は言葉を詰まらせる。

「彼女のことはあきらめてください」

　数秒後、男は押し殺したような声で「わかったよ……」と、渋々うなずいた。

「わかってくださって、ありがとうございます。行こう、梓さん」

「う、うん……」

「くそっ！」

　男は絡んでくるのはあきらめたものの、まだひとりで何かを言っている。その声を背に私は歩き出したものの、足が震えて力が入らない。その様子に気づいた杉浦くんが男に向けたものとはまったく違う、優しい声をかけてくれた。

「大丈夫ですか？　歩けますか？」

「う、うん……たぶん……」

「抱きかかえてあげたいところですけど、狭くて無理そうなので、少しだけ頑張って歩いてください。俺に身体を預けて構いませんから」

「う、うん。頑張って歩くね」

「抱きかかえてあげたい」という言葉に、一瞬心臓がドキリと音を立てたけれど、すぐに恐怖の余韻に心を覆われ、私は杉浦くんに支えられながらその場を後にした。

黒田庵のあるDMYビルの各階には、ベンチやテーブルが置いてある広いバルコニーがある。バルコニーはスペースがふたつに仕切られていて、その半分はガラス張りのサンルームになっている。冬はホットルーム、夏はクールルームになると、以前雑誌で見たことがある。

杉浦くんは店員に断りを入れ、私をホットルームに連れて行ってくれた。ほかに何組かカップルがいたけれど、街を眺めることのできるベンチが空いていて、杉浦くんに促されるまま私は腰を下ろした。そして店員から受け取った温かいおしぼりで、私はすぐに男に触れられた首元を拭いた。

この辺りは建物が混み合っているものの、あまり高い建物がないため、その隙間から空が見える。辺りは明るいけれど、空にはいくつかの星と半分になった月が見えた。

そばに杉浦くんがいてくれるという安心感もあって、徐々に恐怖心は薄らいでいった。

気持ちが落ち着いてくると、助けてくれたときに杉浦くんが言ってくれた言葉たちが耳の奥でよみがえる。

杉浦くんは〝恋人〟〝大切な女性〟と言ってくれた。もちろん、あの場を収めるための方便だとわかっているけれど、杉浦くんの口から夢みたいな言葉を聞くことができて、今日の夜は特別な魔法にかけられてるように思ってしまう。

「梓さん、大丈夫ですか？」

「あっ、うん……ありがとう」

杉浦くんは私の隣に腰を下ろすと、首を傾げて私の顔をのぞき込んだ。彼の優しい表情は私の心を落ち着かせるには十分すぎるものだった。杉浦くんの手が私の手を優しく包み込み、そのぬくもりに私はさらに安心した。

「杉浦くん、助けてくれて、本当にありがとう」

「驚きましたよ。男に抱きしめられている梓さんを見た瞬間、目の前が真っ赤になりました」

「真っ赤？」

「意味は考えなくていいです。とにかく、これからはもっと気をつけてください」

「……うん。わかった」

杉浦くんの言葉からは本当に心配してくれていることが伝わってきて、私は素直にうなずいた。さっきは偶然、杉浦くんに助けてもらえたけれど、いつも誰かに守ってもらえるわけではない。自分の身は自分で守らなければならない。

「本当にわかってます？」

「え？」

少し不機嫌そうな声が聞こえたと思った瞬間、視界が暗くなり、杉浦くんの唇が私の唇に触れた。片方の手を繋がれたまま、頭の後ろに手を回されて、私は身動き一つできない。

杉浦くんの唇が私の唇を食み、お酒以上に私を酔わせる。でも、誰に見られてもおかしくない場所だ。今日集まっているサークル仲間はもちろん、偶然会社の人に見られる可能性もある。

酔いしれたい気持ちをなんとか払いのけ、私は杉浦くんの胸に手を当てて押し返した。すると、拍子抜けするほど簡単に解放された。でも、彼の視線は私を強く捕らえたままだ。

「ほら、簡単にキスされる。全然わかってないじゃないですか。さっきも哲さんたちに触られたり、キスされたりしてたし、梓さんは無防備すぎるんです」

「でも、哲くんも美咲も、友達だし……」

「そういうところが無防備だって言ってるんです」

彼の真意がわからない。ただの注意なのか、それとも私をほかの誰かに触れさせたくないと思ってくれているのか……。後者であってほしいと、つい期待してしまう。

「梓さんが許していいのは俺だけだってこと、ちゃんとわかってますか？」

「えっ⁉」

「とにかく、ほかの男の前ではちゃんと警戒してくださいね。こんなふうにキスされたりしたら絶対にダメですよ」

何も言えずにいると、杉浦くんは誘惑するような笑みを浮かべて、また私に顔を近づけてくる。このまま抵抗しなければ、もう一度キスされる。

こうしてときどき甘いセリフを口にして、杉浦くんは私を翻弄する。でも、私が彼の言葉を嬉しいと思っていることも事実だ。結局私たちはお互いの欲望のまま、この関係を続けているということだ。

このままキスを許してしまえば、杉浦くんは私をほかの男に触れさせたくないと思ってくれていると、自惚れてしまいそうだ。でも、それは彼の自分勝手な束縛であって、私が彼の〝大切な存在〟に選ばれることはない……。

「……待って！」

僅差《きんさ》で欲よりも理性が勝ち、私は顔を背けて杉浦くんの胸をさっきよりも強く押しのけた。杉浦くんの驚いている表情が目に入った途端、彼に嫌われたくないという気持ちが顔を出し、私はとっさに言い訳を口にしていた。

「ほら……、今日は木曜日じゃないでしょ？」

「あぁ、なるほど。まぁ、そうですね。よかった。違う意味で拒否されたんじゃなくて」

苦し紛れの私の言葉に、杉浦くんは安堵したように笑う。

「それに、誰かに見られたらよくないし……」

「どうしてダメなんですか？　大丈夫でしょ」

「え？」

「なんとでも言えますよ。今日はみんな酔ってるし、俺は別に見られても構いません」

みんなが酔っているから、もし見られたとしてもごまかせるというのだろうか。

「杉浦くんも酔ってるの？」

「まぁ、気分はいいですよ。梓さんのことを助けられたし。男なんてちょっとしたことでも簡単に喜ぶ単純な生き物ですから」

酔っていて気分がいいから、杉浦くんは私のことを彼女だと言ってみたり、キスしたりしようとするのだろうか。もしかして、助けたのが私ではなかったとしても、彼は同じようにしたのだろうか。

「梓さん?」

「……」

「どうしたんですか?」

「なんでも、ない……」

「泣いてるんだから、何もないわけはないでしょ?　梓さん」

「なんでもないってば……」

私は服の袖で涙をぬぐった。ここで素直に甘えられれば可愛いのだろうが、私にはそれができない。杉浦くんに甘える権利のない私は、いつも強がることで自分を保ってきた。それなのに、あなたは……。

「俺の前では強がらないでください。梓さんの心の中を見せてください」

心を鷲掴みにするような言葉で私を甘やかす。

顔を覆った私の手を杉浦くんは掴むと、そっと引き離した。そして、涙で濡れた私の目尻に口づける。

「もしかして、まだ、さっきのことを引きずってるんですか?　思い出しちゃいました？」

杉浦くんが心配そうに私の瞳をのぞき込む。こんな顔をさせているのは自分なのだと思うと、私にも彼の心を動かすことができるのだと自惚れてしまいそうになる。「本当は違う涙なんだよ」と言いたくなるけれど、その言葉を口にする日は一生来ないだろう。

「……うん。ちょっとだけ」

「大丈夫ですよ。俺がそばにいます。もう何も怖くありませんから、安心してください」

杉浦くんが私を抱き寄せて頭を撫でる。とろけるような言葉をかけられたうえに、こんなに優しくされたら、拒むことなどできるはずがない。

私のことを好きでもないのに、どうしてそんなに優しく抱きしめるの？　どうしてそんなに甘くて優しい言葉をかけてくれるの？

答えは簡単だ。酔っていて気分がいいから。私はサークルの先輩だから。何よりも、彼の寂しさを紛らわし、欲を満たすセフレだから……。

私は、杉浦くんに先に店に戻ってもらうように頼んだ。でも彼は、「梓さんをひとりにできない」と言って、私が落ち着くのを待ってから、みんなのいる個室に一緒に戻った。

中は大盛り上がりで、座席もずいぶん移動していた。そのおかげで、長い時間、私と杉浦くんが席を外していたことに、誰も気づいていないようだった。私はすぐに美咲のいるグループに加わった。

閉店時間を迎え、ようやく会はお開きとなり、余韻を残したまま、みんな賑やかに帰り支度をしている。私もハンガーから、今年新調したばかりのコートを手に取っていると、美咲が上機嫌に声をかけてきた。

「梓～。今日はうちにおいでね」

毎年忘年会の後、美咲は私をひとりで家に帰すのは危ないからと言って、自分の家に泊まるように誘ってくれる。でも、美咲が結婚してからは哲くんに悪いからと、私はこの誘いを断っていた。

「まだ終電に間に合うし、大丈夫だよ」

「ダメ。もっと梓とおしゃべりしたいし、今日は帰さないから」

美咲は真面目な顔をして、私の腕に自分の腕を絡ませる。このやり取りも毎年のことで、去年のように堂々巡りになりそうだと思った私はあっさり根負けして、彼女の誘いを受けることにした。

「うん、わかったよ。じゃあ、お言葉に甘えさせてもらうね。ありがとう」

「ううん。哲はほかの部屋に追い出して女子トークたっぷりしようね」

美咲が満面の笑みを浮かべる。そして「ちょっと哲のところに行ってくるから、ビルの下で待ち合わせしよ」と言い残し、先に部屋を出て行った。私はワインレッドのマフラーを首に巻き、少し遅れて部屋を後にした。

エレベーターホールは人でごった返していたので、私は階段を使うことにした。少し下り始めたところで、下から話し声が聞こえてきた。

「なぁ。杉浦って、彼女いんの?」

「ん、彼女?」

杉浦くんと彼の同期の平山《ひらやま》くんの声であることにすぐ気がつき、私は思わず足を止めた。聞いてはいけないと思うのに、身体が動いてくれない。

「大学のときの彼女と別れてからは誰とも付き合ってないって、去年言ってただろ?」

「あぁ、うん」

「杉浦クラスで六年以上彼女がいないってのは、さすがに長いよな」

「俺クラスってなんだよ」

「イケメンクラスに決まってんじゃん。で、今はどーなのよ。いい加減、彼女できた? 久しぶりに会ったんだから、それくらい教えろよ」

「いないよ」

「え、マジか？」

想像していたとおり、現在、杉浦くんに彼女はいないらしい。六年以上の間、彼に触れることができたのは私だけだったことがわかり、少なからず嬉しさを感じてしまう。

「でも、いろいろ整ったら動く決意はしてるよ」

それを聞いた途端、嬉しさは吹き飛んだ。〝彼女はいなくても好きな人はいる〟ということだ。

「おっ！　てことは、好きな女はできたってこと？　んだよー、秒読みか。どうせ杉浦のことだから、上手いことやってんだろ」

「そんなことないよ。片づけないといけないこともあるから、動くのはもう少し先かな」

「ほー、片づけないといけないことねぇ。モテる男は言うことが違うな」

「別にそんなんじゃないって。この年で中途半端なのもどうかと思うし、好きな女に振り向いてもらわないと意味ないからさ。準備だってそれなりに必要だろ？」

〝片づけないといけない〟という言葉が胸に突き刺さる。それはきっと私のことだ。

私と会っているときも、キスしているときも、抱き合っているときも、杉浦くんはどうやって私との関係を終わらせるか、考えているのだろうか。自分が彼にとって、想像以上に重たい存在だったことがショックだった。

目の前が揺れ、倒れ込むように、近くの手すりに掴まった。

「彼女のことは何があっても手に入れるよ」

杉浦くんの声は、自信に満ち溢れている。

「へぇ、杉浦にしては珍しく強気だな。マジなんだ？」

「あぁ、本気だよ」

「っていうか、準備ってことは、結婚も視野に入れてるってこと？」

「まぁ」

「マジかよ？　付き合ってもないのに結婚を考えるって、相当じゃね？」

「あぁ。自分でもイタい人間だと思ってる。でも、土台は作っておいて損はないし、もちろん彼女の意思は尊重する。仕事も頑張ってるみたいだし、無理強いはしないよ」

結婚のことまで考えているからこそ、杉浦くんは私との関係を清算しなければいけないと思っているのだ。

「で、相手は誰？」

平山くんのストレートな質問に、私は身体を震わせた。

これ以上は聞かないほうがいい。聞いてはいけない。……そう思うのに、身体が固まってしまい動けない。

「なんだよ、もったいぶることねぇじゃん」

「……営業先の人だよ」

平山くんの急かす言葉に、杉浦くんが渋々答えた。目の前が真っ暗になる。

「げっ！　お前、そんなところに手出してんの？　もしかして女医？」

「いや、卸会社。別にいいだろ、偶然そうなっただけだし」

「可愛い？」

「ああ。笑顔とか、ほかの男に見せたくないくらい、たまらなく可愛い。あの笑顔に落ちるまで、今思えば一瞬だったな」

「へぇー。杉浦が言うなら間違いねぇな。じゃあ、さっき聞いた朝会の話、仕事よりも女に会うのがメインか？」

「まあ、どっちもだな。オフィスに入って彼女を見つけた瞬間、一気に幸せな気分になるしヤル気も出るから」

「溺愛《できあい》してんなー」

オフィスに入ったとき、杉浦くんを笑顔で出迎えるのは西野さんだ。ほかの卸会社にも顔を出しているだろうけれど、これまでのふたりの様子を考えれば、杉浦くんの好きな相手は西野さんに違いない。

私の心は麻痺《まひ》したように、苦しみも悲しみも感じられなかった。

「いやー、でも杉浦レベルが本気出したら、落ちない女はいないだろ。つーか、女医とか狙えばよかったのに」

「いや、だから、俺レベルってなんだよ。肩書きとか興味ないし、狙うも何も、理屈抜きで好きなんだよ。好きって気持ちがあればそれだけで十分だろ」

「うっわ。イケメン言葉が心臓を撃ち抜くー」

「意味がわからないって。……あ、下で呼んでる。タバコ、もういいんだろ？　そろそろ行こう」

どうやらふたりは、喫煙スペースで話していたようだ。階段を下りる足音が聞こえなくなった後も、私はしばらく動くことができず、手すりに身を預けたまま立ち尽くしていた。

六年前と同じように、杉浦くんにとって私は誰かの代わりでしかない。そして、わかっていたことだけれど、いずれは捨てられる存在なのだ。今夜は魔法にかかっているのかもしれないと思っていたけれど、いつか魔法は解けてしまうものだ。

私の中で、何かが音を立てて崩れた。

美咲に促されるまま彼女の家にやって来た。哲くんは私に気を遣ってくれたのか、サークル仲間と二次会に行ったままだ。

美咲が入れてくれたお風呂に浸かり、両手でお湯をすくっては放ちながら、私はさっきよりも冷静な頭で杉浦くんのことを考えていた。

杉浦くんはいつから私を西野さんの代わりだと思って抱いていたのだろうか。私に優しくキスをしながら、頭の中では彼女のことを考えていたのだろうか。

ほんの少しでも通じ合っていると思っていた私は、本当に身の程知らずだ。

いつかは杉浦くんにも好きな子ができるとわかっていた。けれど、いざそれが現実になると、怖くて苦しくて、心がどうにかなってしまいそうだった。きっとその日はすぐそこまで迫っている。そう思うと、彼から終わりを切り出される前に、自分から離れたほうが傷が浅くて済むのではないかと考えてしまう。

私は二日前に杉浦くんが胸につけた痕を瞳に映した後、胸の前で腕を交差させて、自分を抱きしめるようにして涙をこぼした。

お風呂から上がると、美咲がココアを出してくれて、しばらくふたりで話をした。といっても、話をしていたのは美咲がほとんどで、打ちひしがれていた私は相づちを打つだけで精いっぱいだった。

しばらくして、美咲はダブルベッド、私はベッドの隣に敷いた布団に移動した。美咲のあくびが聞こえ、話も途切れ途切れになってきた頃、私は小さな声で切り出した。

「美咲、もう寝た？」

「んー？　起きてるよ」

布団から美咲の姿は見えないけれど、私はベッドを見上げた。

「少しだけ、話を聞いてもらえる？」

「もちろん。どうしたの？」

「あのね、決めたことがあって……」

「え、何？」

「……杉浦くんとのこと……やめようかな、って思ってるの」

関係を終わりにしてから話すべきかとも思ったけれど、いつも見守ってくれている美咲には、先に伝えておきたいと思った。それに、時間が経てばきっと逃げだしたくなってしまう。甘えだとはわかっているけれど、美咲に伝えておくことで、逃げ道を塞いでおきたかった。

美咲は驚いた様子で身を起こし、ベッドの手前から私に顔を見せる。

「やめるってどういうこと？　何があったの？」

「杉浦くん、好きな子がいるんだって。今は告白するために準備をしてて、結婚も考えてるみたい」

「は？　何、それ」

美咲の声が怒気を含んだものに変わる。険しい表情が淡い明かりに照らし出される。

私はなんとか涙を堪え、最近の出来事をかいつまんで話した。美咲は時折質問を交えながら、真剣に聞いてくれた。

「杉浦くんから終わりを切り出されるまでは、そばにいたいって、ずっと思ってきた。たとえ都合のいい女だとしても、それが私の幸せだと思ってたから。でも、いざ好きな人がいるって知ったら……怖くなった」

「だから、自分から離れようって？」

「うん……。ズルいのはわかってる。でも、結末は見えてるし、その相手は私がよく知ってる子なの。そんな状況で杉浦くんのそばにいるのは、私には無理そう。終わりの言葉を杉浦くんの口から聞きたくない……」

本当はずっと彼のそばにいたい。彼に優しく触れてほしい。彼の笑顔を近くで見ていたい。そんな願いを、私は必死にのみ込む。

美咲が起き上がり、「梓、こっちに来て」と言った。私は促されるまま布団から出て、美咲が座っているベッドに腰かけた。美咲は自分と私の身体を包み込むように、ブランケットを掛け、背中を撫でてくれた。私の目から涙がこぼれ落ちる。

「今までごめんね、美咲」

「なんで梓が謝るの」

「たくさん心配かけたから。……バカだよね。結末なんてわかってたはずなのに、見えないふりをしたあげく、結局こんなことになって」

「梓……」

堰《せき》を切ったように涙が溢れてくる。美咲がティッシュを渡してくれた。

「ありがとう、美咲。終わりを告げられるのが怖いのもあるけど、それは綺麗事で、本当は醜い自分を見せたくないだけなのかもしれない。付き合ってもいないのに、どろどろに嫉妬して、嫌な女になった自分を見られたくないの。結局、杉浦くんに嫌われるのが一番怖いんだよね」

「うん。わかるよ」

「嫌われる前に離れれば、いつかは笑い合えるようになるかもしれないし、年に一度だけでも、サークルの集まりがあれば杉浦くんに会える。そんな未練がましいことを考えちゃうの。想いは叶わなくても、それだけでいいって思っちゃうの」

「梓、杉浦くんのことをあきらめるって決めたわけじゃないってこと？」

「あきらめる？」

「〝離れる〟イコール〝あきらめる〟って決意したんだと思ったけど、違うの？」

「……そっか、そうだね。あきらめればいいんだよね……」

　私は杉浦くんから離れることしか考えていなかった。あきらめるという考えは思いつきもしなかった。たしかに、きっぱりあきらめることができるのなら、こんなに苦しい想いをしなくて済む。

　きっと簡単なことではない。でも、美咲の言葉に、淡いながらもかすかな光の灯る逃げ道を見つけた気がした。

「気持ちを伝えようとは考えてないのよね？」

「考えてない。もし伝えたとしても、〝お前はただのセフレなんだから、調子に乗るなよ〟って笑い飛ばされて終わるだけだよ」

「梓……。梓は杉浦くんのこと、そんな酷《ひど》いこと言う人間だと思ってるの？　ちょっと驚いちゃった」

「それは……」

杉浦くんが他人を傷つけるような人でないことは、八年近く彼を見てきてよく知っている。でも、かけらでもそう思われていたらどうしようと考えてしまうのだ。どんなに杉浦くんのことを信じていても、人の心は見えないから可能性がゼロだとは言い切れない。だから、悪いほう、悪いほうに考えてしまう。

自分の口にした酷い言葉を否定するように私は首を横に振る。

「思わない。杉浦くんのことをこんなふうに言っちゃうなんて……私、最低……」

「ねぇ、梓、さっきから自分を貶《おとし》めてばかりだよ。梓の素直な気持ちや大切な人のことを否定しちゃダメだよ」

「美咲……」

美咲は私の手からティッシュを取り上げると、私の頬を伝う涙をぬぐってくれた。

「ね、梓。本当に可能性は少しもないの?」

「……ないよ。杉浦くんが話してたことは西野さんに全部当てはまるの。私に優しくしてくれるのは、〝サークルの先輩〟を傷つけたくないだけだと思う。だから、もし私に相手ができたりしたら、終わらせると思う」

セフレという関係は結局、何かのきっかけで簡単に終わってしまうものなのだ。

「……なんて、頭ではわかってても、そんな簡単に受け入れられないけどね……。でも、仕方ないよね……」

また涙が込み上げてきて、私は言葉を詰まらせた。

「梓……」

「ごめんね。こんなこと言ってたら、また美咲に心配かけちゃうのに」

「そんなのいいよ。親友を心配するのは当たり前のことでしょ。梓だって、私が悩んでるときには心配してくれてるじゃない」

「美咲……」

美咲が私のことを抱きしめる。私も美咲の背中に腕を回した。

「梓、お願い。苦しい想いをひとりで抱えるようなことはしないで。私はいつでもなんでも聞くから」

「……うん。ありがとう……」

腕に力を込めて、美咲に全身で感謝の気持ちを伝える。

「いつも味方になってくれてありがとう。美咲……大好きだよ」

「もぉ、梓ぁ～」

力いっぱい抱きしめてくる美咲に、「痛いよ」とおどけるように言うと、さらに力を込めてきた。

　美咲の気持ちが嬉しかった。心配をかけないようにするためにも、しっかりしなければいけない。

「少しずつでも前を向けるように、私、頑張るから」

「うん。私はいつも梓の味方だからね」

「ありがとう」

　いつか笑い話として「私のこと、どう思ってたの？」と、杉浦くんに聞くことができる日が来るといい。

「若気の至りですよね」と、恥ずかしそうに笑う杉浦くんの姿が目に浮かんだ。そのときは私も「そうだね」と、笑うことができたらいいと思う。


　杉浦くんと離れることを決意してから数日が経った。私は決心が鈍らないうちに、そして杉浦くんから終わりを切り出される前に、次で彼に会うのは最後にしようと決めていた。

　でも、今度の木曜日はクリスマスイブ。杉浦くんは西野さんと過ごすはずだから、会えないに違いない。その後は年末年始の休みに入ってしまうので、会えるのは、きっと年が明けてからだ。それまで、決心が揺らがないか、自分自身心配だった。

ところが、クリスマスイブの前日、杉浦くんからメールが届いた。恐る恐る開いてみると、クリスマスイブの予定を尋ねる内容と、食事をする店の候補が書かれていた。

彼からの誘いに驚いてしまい、何度もメールを読み返した。クリスマスイブという特別な日なのに、西野さんではなく、私と過ごすつもりなのだろうか。

しかも、杉浦くんが候補に挙げていた店は私のお気に入りの店ばかりだった。いつもなら嬉しさも増すけれど、なかなか返事をできなかった。でも、断る理由はない。むしろ、早く前に進めるようにと、神様がくれたチャンスなのかもしれない。

そう自分に言い聞かせて、私は返事を送った。

そして迎えたクリスマスイブ。朝から社内にも、どことなくざわついた雰囲気が漂っていた。仕事風景はいつもと同じだけれど、みんな今日の夜を楽しみに、それぞれの約束の時間に間に合うように、一段と気合いが入っているように見えた。

営業事務には制服はないため、服装もいつにも増して、お洒落をしている人が多い。

一方、私は膝丈のタイトスカートに、ゆるめのタートルネックセーターという、あえて普段どおりの格好をしていた。杉浦くんはいつもの木曜日と同じ気持ちで来るはずだから、私もいつもと同じでいようと思ったからだ。

朝一に頼まれた医薬品メーカーの新薬リストの作成に取りかかる。デスクには資料やパンフレットが積み上がっていて、それをひとつずつ確認しながらパソコンに打ち込んでいく。

午前中も残すところあと三十分というところで、背後から「千葉さん」と誰かに声をかけられた。振り向くと、西野さんがメモを手に困ったような顔をして立っている。正直、彼女と話したい気分ではなかったけれど、私情を持ち込まないように笑顔を向けた。

「どうしたの？」

「あの、今いいですか？」

「うん、大丈夫だよ」

「この資料を探してほしいって言われたんですけど、見当たらなくて……」

西野さんが差し出したメモを手に取る。そこに書かれていたのは、今年、前半に作成された営業資料だった。以前ファイリングして、保管庫に運んだ記憶があった。

「保管庫はもう確認したんだよね？」

「はい……。でも、見当たらなくて」

「あれ、なんでだろう。ほかの棚に紛れ込んじゃってるのかな。急ぎなんだよね？　探すの手伝うよ」

「午後一には欲しいって言われてるんです。お願いしてもいいですか」

「もちろんだよ」

「ありがとうございます！」

西野さんが安堵の笑みを浮かべた。その曇りのない笑顔に対して、私は作り込んだ笑顔しか返せない。杉浦くんと離れるには、西野さんと顔を合わせることにも平気にならなければいけないと思った。

早速保管庫に向かい、貸し出しリストで探している資料が返却されていることを確認した後に、二手《ふたて》に分かれて探し始めた。ファイルの背に日付や内容が書かれているとはいえ、指定の場所に置かれてなければ探し出すのはかなり大変だ。

探し始めてから二十分ほど経ったところで、明らかに周りとは異なる日付が書かれているファイルを見つけた。手に取って中を確認する。

「西野さん、これじゃないかな？」

「えっ、ありましたか？」

西野さんはヒールの音を軽快に鳴らしながら、私のところにやってきた。

「これだよね？」

「……はい、これです！　よかったー。ありがとうございます」

「ううん、見つかってよかったね。誰かが間違えてこっちに戻しちゃったんだろうね」

「ちゃんとした場所に置かれてないと、探すのってこんなに大変なんですね。私も気をつけます」

そう言うと、西野さんは重いファイルを胸に抱きしめた。

「じゃあ、戻ろうか」

「はい！　本当にありがとうございました」

「ううん。困ったことがあれば、いつでも相談してね」

保管庫を出ると、窓の外ではしとしとした雨が降り始めていた。今朝のニュース番組で気象予報士が、「今年のクリスマスイブは昼前から雨。僕は傘とデートしながら、おひとりさま用ケーキを買いに行きます」と、寂しそうに言っていたことを思い出す。

「降ってきちゃいましたね」

「そうだね……」

「千葉さんって、今日とか明日って、どう過ごされるんですか？」

「えっ？」

「ほら、クリスマスですし」

今日は杉浦くんと会う。でも、杉浦くんのためにも、西野さんには言えない。私は無難な答えを口にする。

「今日は友達と会うんだけど、明日はフリーだよ」

「私と逆ですね。今日はフリーで、これから暇な友達を探すつもりなんですけど、明日は楽しみがあって」

「そうなんだ……」

「そうなんです！　明日は憧れの人と過ごすことになってるんです。金曜日だからゆっくりできるし、一カ月前から楽しみで落ち着かなくて」

一カ月前といえば、西野さんが杉浦くんと食事に行く約束をしていた頃のことだ。明日はふたりで一緒に過ごすという現実を突きつけられ、胸をえぐられるような痛みに顔を歪めそうになる。

それでもどうにか笑顔を作り、声を振り絞る。

「そうなんだね。明日、楽しんできてね」

「はい！」

重いファイルを抱えているというのに、西野さんの足取りは軽い。私が今日杉浦くんから離れるのは、絶好のタイミングなのかもしれない。これで杉浦くんは、秘密も後ろめたさもなく、西野さんの元へ行くことができるだろう。

杉浦くんの好きな子を目の前に、私は顔をしかめることも、逃げることも許されず、見ていることしかできない。こんな気持ちは早く忘れて楽になりたい。そう思う半面、今日が終わってしまうのはもっと嫌だと、もう一人の自分が叫んでいた。

そんな矛盾した気持ちを抱えたまま、無情にも時間は過ぎていった。


雨に濡れた天神の街は、商業施設や街路樹のイルミネーションの光が散乱し、いつも以上に煌めいていた。日の入りの遅い福岡でも、この時季は夜の六時になると、すっかり闇に包まれる。今日は雨も降っているから、なおさらだった。

待ち合わせ場所に向かっていると、百貨店のそばにあるクリスマスツリーが目に留まった。ツリー全体を彩る青の光からは冬の寒さと透明さが、所々に輝く赤やオレンジの光からは温かみが伝わってくるように感じられた。ツリーの周りには、カップルやグループが代わる代わる足を止めては、立ち去っていく。

そんな中、私は立ち止まり、白い息を吐き出しながら、降り注ぐ雨の雫《しずく》がツリーのイルミネーションに染まる様子をしばらく眺めていた。やがて、光に吸い込まれるような感覚に襲われ、時間が止まってしまったかのような錯覚を起こす。街のざわめきも、雨音も聞こえなくなり、ついさっきまでの苦しさはどこかに消えてしまい、不思議なほど心が落ち着いている。

でも、それは一瞬の出来事で、終わりの時間が近づいていることを思い出すと、途端に目の前の光が歪み始めた。あと少しで六年半見せてもらった夢の世界が消えようとしている。

「梓さん？」

私は身体を震わせた。ゆっくり振り向くと、そこには大好きな笑顔があった。

「やっぱり梓さんだ。お疲れさまです」

「お疲れさま」

夢うつつの私は、今見た光の中にふたりでいるような感覚に陥りそうになる。杉浦くんは私の横に立ち止まると、クリスマスツリーに視線を向けた。

「綺麗ですね。雨の雫にも光が当たって、まるで光のシャワーですね」

「うん、そうだね」

〝雨の雫〟という言葉に、杉浦くんと私はやはり感性が似ているのだと自惚れてしまう。イルミネーションの光を浴びる彼の横顔から目が離せない。

傘があるせいで、いつもよりもお互いの距離は遠い。でも、そのおかげで、いつもよりも周りの視線を気にしなくて済む。私たちを包み込むこの時間がいつまでも続けばいいのに……。

そんなことを考えていると、杉浦くんが私の方を向いた。

「梓さんの目もキラキラしてますね」

「え?」

「どんなイルミネーションよりも綺麗です」

「そんなこと……」

「ありますよ。少なくとも俺の目にはそう映ってます」

杉浦くんの手が伸びてきて、私の頬をそっと撫でる。真っすぐに見つめられて、私は一ミリも動けなくなる。こんなに寒いのに、身体の奥が熱を帯びていく。

「……って、ほっぺた冷たいじゃないですか。いつからここにいたんですか?」

「えっと……どれくらいかな……」

「時間も忘れちゃうくらいいいたんですか? 綺麗だから見とれてた気持ちもわかりますけど、風邪引いちゃいますよ」

「そうだよね……ごめんなさい」

「気をつけてくださいね」

「はい……」

うつむくと、杉浦くんの手が私の頭を優しく撫でた。

「名残惜しいですけど、行きましょうか」

「うん……」

幸せな時間は永遠には続かない。私は終わりの瞬間が少しずつ近づいているのを感じながら、彼の隣を歩いた。


杉浦くんとの最後の食事に選んだのは、〝ステラ〟という今泉《いまいずみ》のお店だった。エレベーターに乗り、五階で下りる。ドアを開けると、店内はカップルで溢れていた。照明やテーブルの配置はクリスマス仕様に変更されていて、ＢＧＭにはクリスマスソングやウインターソングのインストルメンタルが流れている。

案内されたのは、私がお気に入りの夜景の見える席だった。窓につく雨の雫が外の光を乱反射させ、そうでなくても煌びやかな夜景を、より幻想的なものへと変えている。

待つことなくこんな特等席に座れたことに、神様が素敵な思い出を用意してくれたような気がした。早くも視界が滲みそうになるのを堪えながら、促されるまま飲み物を注文した。

テーブルの上には、普段はないキャンドルが灯されていた。すりガラスで作られた円柱のキャンドルカバーには柊《ひいらぎ》の枝葉が描かれていて、そこだけ透明度が高く、中で揺らめくオレンジの炎を映し出している。じっと見つめていると、幻想的に揺れる炎に引き込まれそうになる。

「そうだ。梓さん、聞きました？　平山のこと」

なんの前触れもなく平山くんの名前が出てきて、一瞬息をのむ。サークルの忘年会の帰りに、杉浦くんと平山くんの会話を立ち聞きしていたことが、バレていたのだろうか。

そんな不安を胸にしまいながら、素知らぬ顔で聞き返す。

「平山くんがどうしたの？」

「平山、国文科の助手をしてた森下《もりした》さんと結婚するらしいですよ」

「えっ、森下さんって……」

「梓さんのいた研究室の方ですよね？」

「うん、そう！　あのふたりが、結婚……」

私が学生だった頃には、平山くんと森下さんとの間に付き合っているような様子も、そうなる予感も一切なかった。だから、思わぬカップルの誕生に心から驚いてしまった。

「じつは平山、大学に入学したときからずっと狙ってたんですよ。ああ見えて意外と慎重な人間だから、学生のときは迷惑をかけたくないからって、あきらめようとしてたんです。でも、やっぱり未練があったらしくて、卒業してからアプローチして、付き合うようになったみたいで」

「そうなんだ……。素敵な話だね」

「はい。平山の話を聞いて、前に梓さんが〝あきらめずに想っていれば、叶うこともある〞って言ってたのを思い出しました」

「……」

「愛する人と結婚するのは最高に幸せでしょうね」

「……うん」

私はうなずくことしかできなかった。杉浦くんの脳裏にはきっと、西野さんの笑顔が浮かんでいるのだろう。暗い気持ちになりかけたけれど、杉浦くんと過ごす最後の時間くらい彼のことだけを考えていたいと思い、私は心の中で首を振って、余計な考えを追い払った。

「ドリンクと、前菜の真鯛と冬野菜のカルパッチョです」

店員の声がして顔を上げると、ドリンクとオーダーしていない料理が目の前に置かれた。店内の雰囲気にのまれて忘れていたけれど、手元にメニューはなく、ドリンク以外はオーダーしていないことに気づいた。

「杉浦くん、メニューってないよね？」

「あ、メニューはなくても大丈夫なんです。相談もなしに悪いかなとも思ったんですけど、じつは今日、予約してたので」

「えっ？」

杉浦くんの思わぬ言葉につい声を上げてしまい、私は慌てて手で口を押さえた。そんな私を見て、彼は楽しそうに笑う。

「今日はイブだし、贅沢したいなと思って。今日限定のコースには、俺たちの好きな料理も入ってたから、これはいいと思って」

「そうだったんだ……」

「でも、一番の理由は梓さんのその驚いた顔や笑顔を見たかったからなんですけどね」

杉浦くんがグラスを手に取り、私に笑いかけてくる。

「乾杯しましょうか。クリスマスですし、楽しみましょう」

「うん」

私たちは「メリークリスマス」と言ってグラスを合わせた。杉浦くんはいつものようにウーロン茶を、私は彼と過ごせる最後の時間を記憶に残しておきたくて、ノンアルコール・カクテルのシンデレラを頼んでいた。

ひと口飲み、トロピカルな甘酸っぱさが身体に広がっていくのを感じながら思う。杉浦くんは店の予約だけでなく、この席も予約してくれていたに違いない。私を喜ばせようとしてくれる彼の行動に、彼も私のことを想ってくれているのかもしれないと、きっと少し前の私なら自惚れていただろう。

けれど、杉浦くんと平山くんの話を聞いた今となっては、その可能性はゼロだ。もしかしたら、杉浦くんは私たちの関係を清算するまでの残り少ない時間を、楽しいものにしようとしてくれているのかもしれない。

それでも、私のことを考えてくれていたことは事実だ。

「杉浦くん、ありがとう。すごく嬉しい」

「そう言ってもらえてよかった」

杉浦くんは私の大好きな笑顔を見せてくれ、「これ、美味しそうですね」と食事に箸をつけ始めた。

こうして最後まで私を気遣ってくれて、感謝の気持ちしかない。心から好きな人と幸せになってほしいと、今はまだ純粋に思うことはできないけれど、この願いに嘘はない。

どんな理由であろうと、杉浦くんがきっかけをくれなかったら、私は一生、彼と触れ合うことはなかったたし、彼のいろいろな表情を見ることもできなかった。苦しいことがなかったとは言えないけれど、それ以上に彼が私にたくさんの幸せな時間をくれたのは事実だ。それだけで、もう十分だ。

けれども、笑顔を向けてくれる杉浦くんを見つめながら、私は願う。

最後にもう一度だけ、杉浦くんの熱を感じたいと思ってはいけませんか……。

店を出ると雨は上がっていた。空にはまだ雲がかかっていて、星は見えない。

杉浦くんの提案で、私たちは食事に行く前に見ていた百貨店そばのツリーを再び訪れた。カップルたちはみんな、イルミネーションの光を見つめながら、幸せそうな笑顔で語り合ったり、寄り添い合ったりしている。

彼らは今からきっと、最高に幸せな時間を過ごすのだろう。でも、私はもうすぐ夢の終わりを迎える。

手にしていた傘の取っ手を無意識に強く握りしめたとき、「梓さん」という声が頭上から降ってきた。見上げると、杉浦くんが少し緊張した面持ちで口を開いた。

「今日って梓さん……大丈夫ですか?」

六年半以上この関係を続けてきていれば、〝大丈夫〟という言葉が示す意味は考えなくてもわかる。

特別な夜なのに私のことを抱いてくれるの？　私の最後の願いを叶えてくれるの？

「先月は今頃だったし、やっぱり無理ですか？」

心を探るような杉浦くんの問いかけに、私はゆっくり首を横に振った。

「……ううん。私、周期長いから、まだ大丈夫……」

高ぶる感情を抑えながら答えると、杉浦くんは「よかった」と安堵したように呟いた。

そして、傘の取っ手を持つ私の手に、自分の手を重ねるようにして握った。

彼の手のぬくもりとイルミネーションの光に包まれて、わがままな想いが溢れ出しそうになる。

「杉浦くん……」

「はい」

好きだよ。あなたのことが、好き。離れたくない。

でも、その想いは空気に溶け込むことはなく、私の中に留まる。私は杉浦くんのコートを掴んで背伸びをして、彼の唇にそっと触れた。

「……梓、さん？」

私の突然の行動に、杉浦くんが目を丸くする。でも、私は気づかないふりをした。

時間は迫っている。夢から醒めるまでの残り少ない時間……。一秒でも長く、杉浦くんに触れていたい。

だから私は、イルミネーションの光を受けて煌めく彼の瞳を見つめながら、普段は言わない言葉を口にした。

「早く行こ?」

杉浦くんと繋いだ手に力を込めると、彼も同じように握り返して、うなずいてくれた。一ミリの隙間さえ空けたくないと、今だけは彼も思ってくれているように感じた。

パーキングで車に乗り、ホテルへと向かう。赤坂けやき通りに軒を並べるお洒落なカフェや本屋などが車窓を流れていく。にぎやかな天神の街とは打って変わって落ち着いた雰囲気になり、私の気持ちも少し落ち着きを取り戻す。

しばらくすると、ビルの隙間からクリスマスイルミネーションが点灯した福岡タワーが見え始めた。でも、「贅沢させてください」と彼が決めた百道浜のホテルに近づくにつれ、福岡タワーは辺りの建物に隠れて、見えなくなってしまった。

ホテルに到着するまでは、杉浦くんはいつもと変わらない様子だったと思う。でも、部屋に入ると、夜景に目をやることもなく求めてきた。いつもよりも意地悪に身体中を攻められ、甘い言葉をたくさんかけられた。時間をかけた愛撫は、全身が熱の塊になったかと思わせるほど濃厚だった。そして私も、何度も「欲しい」と彼を求めた。

長い時間、杉浦くんに翻弄されていた私の身体は悲鳴を上げ、ベッドに沈み込んだ。息を整える私の横に、杉浦くんがベッドを揺らして寝転んだ。いつの間に持ってきたのか、バスローブで私の汗ばんだ身体を優しく包み込んだ後、シーツをかけてくれた。

「ありがとう」

「いえ。風邪引いたら困るでしょ。身体は大丈夫ですか？」

「……う、ん……、大丈夫……」

本当は大丈夫ではない。全身がだるくて、このまま溶けてしまいそうだ。

「無理させたかなって思ったけど、まだいけるんだ？　梓さんの可愛い反応をもっと見たいし、もう一回します？」

「……う……もう限界……」

「なんだ。残念」

そう言って杉浦くんは、私の頭を優しく撫でる。それがすごく気持ちよくて、少しずつ呼吸と鼓動が安らかなリズムを取り戻す。

眠りを誘《いざな》う心地良さに包まれる中、杉浦くんの声が耳に届く。

「梓さん、日付変わってるって気づいてました？」

「……あ、ほんとだね」

ベッドのそばに備えつけられている時計を見ると、午前零時を回っている。

「サンタクロースって信じてますか？」

「え、急にどうしたの？」

杉浦くんの腕が私の身体に巻きつき、引き寄せられる。シーツの中ではふたりの脚が絡んでいて、ちょっとエッチな格好に思えたけれど、触れ合えることが嬉しくて、私はされるがままでいた。しっとりと湿った肌同士が吸いつく感じが気持ち良かった。

「俺、毎年願いをかけているんです。来年に向けての願いというか……」

「そうなの？　素敵なことだね」

「やっぱり梓さんは笑わないんですね」

「え？」

「普通、ガキくさいって笑うでしょ？　子どもなら〝あれが欲しい〟って願いをかけるのは普通でも、この年になってそんなことするなんて、子どもみたいだって」

「どうして？　子どもみたいだなんて思わないし、笑うわけないよ。杉浦くんにとっては大切な願いなんでしょ？」

「はい。すごく大切です。今年は特に願いが強くなった気がするんです」

声色から、その願いの強さを感じる。きっとそれは私の胸を締めつけるものだろう。

でも、杉浦くんの大切な願いなら、心から応援したい。そのためにも、私は彼から離れて、彼を自由にしてあげなくてはならない。

私は身体を移動させて、杉浦くんと目線の高さを合わせる。彼の瞳を真っすぐ見つめると、彼は不思議に思ったのか、「梓さん？」と私の名前を呼んだ。

私は自分の額を彼の額につけ、静かに目をつぶると、偽りのない気持ちを口にした。

「杉浦くんの大切な願いが叶いますように」

今この瞬間も含めて、私との六年半が彼にとって〝いい想い出〟として残ってくれたらそれでいい。ほかに望むことなどなかった。

「梓さん……」

「うん？」

そっと目を開けると、彼の瞳が私を見つめていた。

「叶えます。きっと、叶えてみせるから……」

「杉浦く……」

彼の名前を呼びかけたとき、唇が重なった。触れ合うだけのキスはやわらかくて、穏やかで、時間がゆっくり流れていくようだった。

最後の幸せな時間……。

どうか、幸せになって。

私の目から、一筋の涙がこぼれた。


目を覚ますと、隣には杉浦くんが気持ちよさそうに寝ていた。

ベッドのそばの時計を見ると、もうすぐ午前五時になるところだった。アラームが鳴るのは六時だから、杉浦くんが目を覚ますのはまだ先だ。

ついに、杉浦くんと離れなければならないときが訪れてしまった。もう私を包み込んでくれるこの熱に触れることはできなくなる。私は彼を起こさないように、彼の髪にそっと触れた。

走馬灯のように、この六年半のことが鮮明に思い出される。〝こんな関係〟だったけれど、最初から私は本気だった。初めて出会ったときから、あなたに恋をしていた。たとえあなたが寂しさを埋めるために私を抱いていたとしても、たとえあなたが誰かと重ねて私を抱いていたとしても、私はあなたのことが大好きだった。

泣かないと決めていたのに涙が溢れ出し、シーツを濡らしていく。嗚咽《おえつ》を漏らしそうになってしまい、必死に堪える。これ以上、彼のそばにいると決心が鈍ってしまいそうだ。そうなる前に離れなければならない。

私を包み込む杉浦くんの腕をそっと持ち上げ、真っ白なシーツの上に乗せる。このぬくもりに一生触れることができないと思うと、涙がまた溢れてくる。私は彼を起こさないように、慎重にベッドから抜け出した。

昨日の夜、求めるままに抱き合ったことを示すように、私たちの服は床に脱ぎ捨てられたままになっていた。それらを拾い上げながら、音を立てないように身に着けていく。いつもならシャワーを浴びて軽いメイクを施すけれど、今日はしなかった。

杉浦くんのシャツなどを畳んで、スーツをハンガーにかけた後、涙を堪えながら彼へのメッセージを書き、部屋のカードキーの下に忍ばせた。メッセージには終わりを告げる言葉とともに、〝あなたの願いが叶いますように〟と添えた。

部屋を去る準備を終えた私は再び、眠ったままの杉浦くんに近づく。もう一生、目に映すことのできない光景をしっかり心に焼きつけておこうと思った。

「今まで、ごめんね」

好きという想いを隠しながら、あなたに抱かれていたズルい私を許してほしい。

そっと杉浦くんの頰に唇を落とす。終わりにすると決めたのに、あなたの熱を感じると私の鼓動は高鳴ってしまう。

気づかないで……。気づいて……。やっぱり、気づかないで……。好きだからもう、これ以上は迷惑をかけたくない。

あなたのことを忘れることができるまではきっと、私はあなたの影を追いかけてしまうと思う。でも、前に進むことができるように努力するから、あなたには本当に好きな人と幸せになってほしい。

全身を埋め尽くすほどの〝離れたくない〟という気持ちを無理やり振り払い、私は立ち上がった。

「……バイバイ」

ありがとう。幸せだった。

眠っている杉浦くんに笑顔を向け、私は彼に背を向けた。部屋を出ると、溢れ出そうな彼への想いに蓋をするように、私は静かにドアを閉めた。

隣に私がいないことに気づいたとき、杉浦くんはどんな反応をするだろうか。私が置いてきたメッセージを見つけたとき、どんなふうに思うだろうか。会社で私と顔を合わせたとき、どんな表情をするだろうか――。自分なりにけじめをつけて終わりを告げてきたというのに、私の頭の中は杉浦くんのことでいっぱいだった。

杉浦くんを残してホテルを出た私は、タクシーで最寄り駅よりひとつ先の大濠公園駅に向かった。始発電車が走り出すまで二十分ほど時間があったので、杉浦くんとの始まりの場所である大濠公園に向かって歩いてみたかったからだ。

早朝のため、辺りはまだ暗く、通りを走る車や人通りは少ない。大濠公園の入り口に到着したものの、中に入る勇気はなく、私は外から公園内に向かって樹木が立ち並ぶ道を眺める。あんなに燃えそうなほど熱かった身体はすっかり冷えてしまい、ひんやりとした空気が肌に突き刺さるようだ。

昨日降っていた雨はすっかり上がっていた。見上げると、空には低い位置に満月が浮かんでいる。杉浦くんと一緒に花火を見上げたあの夏の日も、空には満月が浮かんでいた。そのことを思い出し、月が涙で滲んでいくのを感じながら、私は始発までの時間を過ごした。

家に戻るとすぐに熱いシャワーを浴びた。出勤の準備を終えた頃には、外は明るくなっていた。時計を見ると七時を少し過ぎたところで、家を出るまでにはもう少し時間がある。私は１Ｋ八畳の部屋の真ん中に置いているローテーブルの脇に腰を下ろし、レースのカーテン越しに空を眺めた。

杉浦くんはもう、私がいないことに気づいているだろう。

スマホを手に取り、アドレス帳を開く。さ行を開き、画面を少しスクロールさせると〝杉浦瑞希《みずき》〟という名前が現れる。選択して開くと、杉浦くんのアドレスや誕生日が表示された。

連絡を取り合うときは、たいてい彼から発信してくれて、私は返信することが多かった。彼の声を聞きたいと思いながらも、迷惑だと思われるのが嫌で、必要なとき以外は連絡しないようにしてきたのだ。だから、自分から連絡することは少なかったけれど、嬉しいときや寂しいとき、つらいときなど、何かあるたびに、彼と繋がっていると感じられるこの画面を私は見つめてきた。

杉浦くんから離れると決意した後、彼の連絡先が手元にあると気持ちが揺らいでしまう気がして、何度も削除ボタンを押そうとした。でも、どれだけ頑張ってもボタンを押せなかった。

今はまだ杉浦くんへの想いを断ち切れないけれど、少しずつでも彼の存在を消していかなければ、私はいつまで経っても前に進めない。

目を閉じて、心を落ち着かせるように深呼吸する。ゆっくり目を開けると、私は削除ボタンに触れた。

出社すると昨日に引き続き、オフィスには浮かれた雰囲気が漂っていた。クリスマスだからということももちろんあるけれど、今日の仕事が終われば、明日から年末年始の長期休暇に入る社員がいることのほうが大きいかもしれない。

私は社内の暦《こよみ》どおりの休みなので、今日を含め、あと三日出勤しなければならない。でも、営業事務の私は仕事と休みがはっきり分かれているから、まだマシなほうだ。営業の場合、休暇中でも医師から「休み明けに資料が欲しい」といった連絡が入ることもあるそうで、仕事を完全に忘れて休むことはなかなかできないのだという。病院や調剤薬局は休みに入るため、さすがに呼び出されるようなことはないらしいが、「携帯が鳴りませんように！」と祈るように手を合わせながら、休暇に入っていく営業の人をたまに見かける。実際、今日も出社早々、営業から「急で申し訳ないけれど、午後一までに資料を探しておいてほしい」と、頼まれた。

ちょうど私も、別件の仕事で保管庫に行く用事があったので、一緒に済ませてしまおうと思い、始業時間前から保管庫にノートパソコンを持ち込んで作業をしていた。

予定していた仕事を終わらせて、オフィスに戻ると十時を回っていた。営業も、ＭＲの姿もなく、受発注対応の電話とキーボードを叩く音だけが響いていた。私はそのことにホッとしながら、デスクに戻った。

オフィスで杉浦くんと顔を合わせる可能性があるのは、彼が朝会に参加する週三回の朝と、うちの営業と打ち合わせがあるときだ。できれば年内だけでも彼と顔を合わせるのは避けたかった。半ば強引だけれど、どうやら一日目は回避できたようだ。

今朝、私がオフィスにいなくて、杉浦くんはどう思っただろうか。気になるけれど、こんな気持ちにも慣れなくてはと思い、私は仕事を再開した。

年末の繁忙期であるうえ、休暇に入る人の急ぎの案件もサポートしなければならないため、この時期は特に忙しい。あっという間に定時を過ぎ、気づけば午後八時を回っていた。私以外の営業事務も何人か残業していたけれど、十分ほど前に帰途につき、オフィスに残っているのは私だけとなった。

ひとり残ることになってしまったのは、今日の午後になって、来週月曜の午前中までに提案資料を一部追加してほしいと、急きょ頼まれたからだった。もっとも、今日も土日も、特に予定があるわけではない。どうせ家にいても、ろくな考えしか頭に浮かんでこないことは目に見えていた。だから、残業はむしろ歓迎だった。

仕事は捗《はかど》り、終わりのめどがつきそうになった頃、背後でオフィスのドアが開く音が聞こえた。すぐによく通る声が飛んできた。

「お疲れー。あれ、千葉さん、まだいたの？」

「あっ、お疲れさまで……っ！」

「ん？　どうかした？」

「いえ。お疲れさまです」

振り向いた先には、樋口さんのほかに、杉浦くんの姿があった。

今日、杉浦くんは西野さんと一緒に過ごすとばかり思っていたのに、どうしてこんな時間に彼はここにいるのだろう。急用でキャンセルせざるを得なかったのだろうか。

樋口さんが私の方に歩いてくる。杉浦くんはオフィスの入り口付近に立ったままだ。いつものような笑みはなく、突き刺すような視線で私を見ている。

今朝私が勝手に帰ってしまったことを怒っているのかもしれない。たしかに驚かせてしまったと思うけれど、杉浦くんも望んでいたことのはずだ。

「クリスマスなのに残業？」

杉浦くんから目を離せずにいた私は、樋口さんの声で我に返った。

「あっ、はい。来週の月曜までに資料を追加するように依頼されていて」

「どれ？　あぁ、斉藤《さいとう》医院用の資料か。新しい病院だし、追加分を作るのも大変だよな。あまり無理はしないようにな」

「ありがとうございます」

樋口さんが私の頭を軽く撫でる。あまりにも自然な行動に、私は何も反応できなかった。見上げると、樋口さんはにこやかに微笑み、視線を杉浦くんに向けた。

「杉浦くん、さっきの件、確認してくるからちょっと待っててもらえるかな」

「わかりました」

樋口さんが出て行ってしまい、オフィスには私と杉浦くんだけが取り残された。彼の視線が再び私に向けられ、緊張感が一気に押し寄せる。彼から目をそらすことも、身体を動かすこともできない。まさか、こんなに早くふたりきりになるときが来るとは、思ってもみなかった。

杉浦くんが近づいてくる。それでも私は動くことができない。「梓さん」とすぐ近くで呼ばれた瞬間、身体が震えた。

「よかった……。ちゃんと、いてくれて」

「……え？」

ほんの一瞬、杉浦くんが泣きそうな表情をした気がして、私は目を疑った。でも、彼の瞳はすぐに強さを取り戻し、私を鋭く貫く。鋭さを増したのは言葉も同じだった。

「梓さん、今朝、どうしてひとりで帰ったんですか？」

「……」

「ちゃんと答えてください」

「あの、ちょっと待って、杉浦くん。樋口さんもいるし、ここでその話をするのは……」

「答えて、と言ってるんです」

杉浦くんはやっぱり怒っているようで、逃げられそうにない。樋口さんが戻ってくる前に話を終わらせなければと、私は動揺しながらも、当たり障りのない答えを必死に探す。

「それは……用事を思い出したの」

「用事？　あんな朝早くに？」

「そうだよ。ちゃんと〝先に帰る〟ってメッセージにも残したでしょ。だから、もうこの話は終わりにしよう」

「もしそれが本当だとしても、どうして突然連絡が取れなくなったんですか？　アドレス変えたでしょ。何度電話をかけても出ないし、留守電にすらならない。あんなメッセージだけ残して姿を消すなんて、一方的すぎます。納得いきません」

「どうしてって……メッセージに書いたとおりだよ……」

今朝、大濠公園駅に向かうタクシーの中で、私はメールアドレスを変え、杉浦くんの電話番号には着信拒否の設定をした。着信拒否のメッセージを流す設定にはどうしてもできず、コール音を流し続け、着信履歴が私のスマホに残らない設定にした。

彼に残してきたメッセージには、〝もう会うのはやめよう。今までありがとう〟と書いた。どんなに鈍感な人でも理解できるメッセージを残したうえ、連絡を取ることができなくなれば、〝関係を終わらせたい〟という意味だとわかるはず。そうすれば彼はもう私に連絡してこないと思っていた。

「朝もここにいなかったから、一日中、心配で心配でたまらなかった。もし梓さんに何かあったらって……」

大きく息を吐き出した杉浦くんの表情は苦渋に満ちていた。予想を裏切る彼の反応に戸惑いを隠せない。

もし杉浦くんに話しかけられたとしても、「今までありがとうございました」といった言葉を言われるか、もしくは無反応かのどちらかだと思っていた。たしかに私がしたことは一方的だけれど、なんの面倒もなく私と離れることができるのだから、彼にとっては好都合のはず。私は彼が何を考えているのか理解できなかった。

「もう二度と、こんなことはしないと約束してください」

苦しそうに吐き出された杉浦くんの言葉は、さらに私を困惑させる。

セフレが終わりを告げただけなのに、どうしてそんなつらそうな顔をするのだろうか。

表向きだけ、私との関係を終わりにしたくないふりをしてくれているのだろうか。それとも、本当に終わらせたくないと思っているのだろうか。私が思っている以上に、杉浦くんは私のことを必要としてくれているのだろうか……。

疑問とともに、期待まで抱いてしまいそうになる。でも、西野さんの存在を確信し、杉浦くんのことを考えて下した結論だ。いまさら余計なことを考えてはいけない。私が答えるべきことは決まっている。

「もうしないよ。約束する」

「本当ですか？」

「うん。しない。杉浦くんとはもう会わないって決めたんだから、今日みたいなことも起こらないよ。だから安心して」

「ちょっと待ってください、梓さん。もう会わないって、何を言ってるんですか？　あのメッセージも……冗談でしょ？」

杉浦くんは愕然《がくぜん》とした表情を浮かべた。彼のこんな顔を今までに見たことがなかった。

胸に針が突き刺さるような痛みが走る。

メッセージだけを残して部屋を後にしたのは、杉浦くんを目の前にすると冷静でいる自信がなかったからだ。

わがままでごめんね。私は杉浦くんから終わりを告げられるのが怖い。でも、直接〝終わり〟を言葉にしないと納得してもらえないのなら、せめて私から言わせてほしい。

小さく深呼吸をして、私は毅然《きぜん》とした態度で告げた。

「ごめんね。こういうの、もうやめよう。……嫌になったの」

「梓さん!?」

「メッセージに書いたことは本気だよ。杉浦くんと会うのはやめる。私の気持ちは変わらない。……だって、好きでもないのに、こんな関係でいるなんておかしいじゃない。それは杉浦くんが一番わかってるはずだよね。そうでしょ?」

必死に強がるけれど、苦しくて、寂しくて、涙が出てしまいそうだ。本当は今すぐ彼の胸に飛び込んで、抱きしめてもらいたい。

私はあなたのことが心から好きなの。でも、あなたがそばにいてほしいと思っているのは私ではないし、いつかは離れなければならない。それなら、早く終わらせたほうがいいに決まっている。私はもう、あなたのことを忘れると決めたの。あなたには本当に好きな人と幸せになってほしい。

「嫌です」

「え?」

「俺は終わらせたくない」

「……どうして、そんなこと言うの？」

杉浦くんが好きなのは西野さんのはず。それに「片づけないといけないことがある」と言っていたのは、杉浦くん自身だ。

「梓さんを離したくないからですよ。たとえ好きな人がいたとしても離したくない」

「……何を言ってるの？　ダメに決まってるじゃない。そんなのおかしい。私はもう、無理なの……」

どうして杉浦くんがこんなにも食い下がってくるのかわからないまま、私は彼の言葉を拒否するように首を横に振った。苦しそうな顔を見るのがつらくて、彼から視線を外した。膝の上に置いている自分の拳が小さく震えている。

「梓さん、俺は……」

「杉浦くん、お待たせ！」

突然オフィスに響いた樋口さんの声に、私は身体を大きく震わせ、顔を上げた。でも、杉浦くんは微動だにせず、私を見つめている。

「あれ？　ごめん。何かふたりで話してた？」

「あっ、いえ。挨拶してただけです」

とっさに私はそう答えた。樋口さんに私たちの関係を知られるわけにはいかないと思う一方で、おかげでこの苦しい時間が終わったことに安堵していた。

「そう？　じゃあ杉浦くん、仕事の話を進めようか。用事あるって言ってたし、早く終わらせたいだろ。こっち来てもらっていい？」

「……はい」

杉浦くんは私に視線を向けたまま、そう返事をすると、不機嫌そうに踵《きびす》を返した。ひとり取り残された私はその後ろ姿をただ見つめることしかできなかった。

仕事を再開するためパソコンに向き直ったけれど、手が小刻みに震えていて、キーボードを叩くこともままならない。爪が手のひらに食い込むくらい強く握りしめても、震えは止まらなかった。

クリスマスで賑わう街を車は走り抜けていく。車窓から見える華やかな景色とは対照的に、私の心は暗い海の底を彷徨っていた。

「千葉さん、大丈夫？」

「あ、はい……。もう大丈夫です」

「それならよかった」

あれから私はパソコンの前に座ったまま、感覚が麻痺してしまったかのように、何もできずに呆然としていた。そこに打ち合わせを終えた樋口さんが戻ってきて、「顔色が悪いから帰ったほうがいい。送るから」と言ってくれたのだ。

断ろうと思ったけれど、オフィスのドア付近で樋口さんを待つ杉浦くんの視線から逃れたくて、気がつけばうなずいていた。

杉浦くんは駐車場で別れるときまで、ずっと私のことを見ていた。でも、私は一度も目を合わせられなかった。

たしか打ち合わせの前に樋口さんは、この後、杉浦くんは用事があるようなことを言っていた。きっと、西野さんの元へ向かうのだろう。それなのに、どうして杉浦くんは私にあんな言葉を投げたり、態度を取ったりしたのか、まったく理解できなかった。

「すみません。送ってもらってしまって……」

「いいよ。送るって言ったって、自分の家に帰るのと、ほとんど変わらないんだから。それに具合の悪い人間を放っておけないよ。時間も遅いから、無理やりでも乗せていくつもりだったから」

「……ありがとうございます」

樋口さんは本当に優しい。樋口さんへの返事を保留にしていることもあって、余計に申し訳なく思う。

でも、もしかしたら樋口さんとのことを前向きに考えるいい機会なのかもしれない。樋口さんがくれた半年という猶予に救われた気がした。きっと樋口さんなら、杉浦くんのことを忘れさせてくれるだろう。それに、私が樋口さんのことを好きになることができれば、誰も傷つかずに済む。

弱い私には、人にすがりつく道しか残されていなかった。

「今年もあっという間だったな。千葉さん、正月休みは実家に帰るの？　たしか八女って言ってたよな」

「あ、はい。普段はあまり帰らないので、年末年始くらいは顔見せに行こうと思ってます。友達とも会う約束をしてますし。樋口さんはどうされるんですか？」

「熊本《くまもと》の親戚の集まりに顔を出すくらいかな。甥《おい》っ子や姪《めい》っ子が遊べって、うるさいんだよ」

「みんな樋口さんが大好きなんですね」

「それはどうかな。お年玉が欲しいだけだと思うけど」

樋口さんなら老若男女を問わず、みんなに好かれていることだろう。子どもたちの相手をする樋口さんの姿を想像すると微笑ましい。思わず笑みをこぼすと、樋口さんも照れくさそうに笑った。

　赤信号で車が停まると、樋口さんが肩肘張らない、自然な口調で言った。

「千葉さん、あのさ……そのうちふたりでご飯にでも行かないか？　連れて行きたい店があるんだ」

　以前なら期待させてはいけないと思い、断っていただろう。でも、前に進むチャンスだと受け止め、私はゆっくりうないた。

「……はい。ぜひ」

「それ、ほんと？」

　私が承知するとは思っていなかったようで、樋口さんは驚いた顔をしている。

「本当です」

「そっか。よかった。楽しみにしてるな」

　樋口さんの笑顔に、心が小さく軋《きし》む。この人に甘えるということは、私も真剣に向き合わなければならないということだ。もう、前を向いて歩くしかない。

「日程は近いうちに決めよう」

「はい」

　樋口さんは私の返事に満面の笑みを浮かべた。信号が青になり、車はなめらかに発進した。

年末年始の長期休暇の間、私はできる限り杉浦くんのことを考えないようにして過ごした。そのおかげか、休みが終わる頃には、気持ちが少し落ち着いてきたように感じた。

しかし、休み明けの朝、杉浦くんの姿をオフィスで見つけた瞬間、彼への気持ちがまったく変わっていないことに気づいた。杉浦くんも離れる前と何も変わらず、スマートにMRの仕事をこなしている。ただ、ひとつだけ以前と違うのは、彼の視線が私に向けられることはなくなったことだ。

週に三度、杉浦くんと西野さんが楽しそうに話している声が耳に届く。年が明けてからも、ふたりは順調に関係を育んでいるようだった。

杉浦くんと過ごす時間は私にとって、唯一の潤いだったこともあり、木曜日が来るたびに気分が塞いでしまう。彼と一緒に過ごすことで保っていた気持ちを、どうやって扱えばいいのかわからなかった。

前を向かなければいけないと思うのに、気がつけば杉浦くんのことを考えている。寂しさと苦しさが私の中に蓄積していくばかりで、このままではいつまで経っても、彼のことを忘れられそうになかった。

そんな日々が続く中で迎えた、二月最初の木曜日。朝一番から営業資料のファイリングをしていると、樋口さんに呼ばれた。

その緊張感のある雰囲気から急ぎの用事だと察し、急いでメモ帳とペンを持って向かった。すると、そこには杉浦くんがいた。久しぶりに彼と目が合い、心が揺れたけれど、動揺する暇もなく、樋口さんが話し始めた。

「悪いんだけど、杉浦くんから説明を聞いておいてもらえるかな。昼前に戻ってくるから、内容はそのときに教えて」

「あっ、はい」

樋口さんは早口でそう言い残すと、オフィスを出て行ってしまった。周囲には、ほかの営業やMRの姿があるけれど、私と杉浦くんを取り囲む空間だけが切り取られ、別世界にいるようだった。

平静を装って視線を上げると、杉浦くんは穏やかな様子で私を見ていた。

「お仕事中にすみません。樋口さんお忙しいみたいなので、今から説明することを伝えておいてもらえますか」

「……はい」

「ありがとうございます」

杉浦くんは笑みとともに、私に資料を差し出した。今日の午後、樋口さんが訪問する病院で提案する医薬品の中に、注意事項の改訂や包装の変更があったものがあるらしく、一緒に伝える必要があるのだという。

杉浦くんは私にもわかりやすく説明してくれて、メモを取るべきところも丁寧に指示してくれた。仕事だから当たり前のことなのに、その優しさが嬉しくて、涙が出そうになってしまう。

「以上です。すみませんが、よろしくお願いします」

「わかりました。伝えておきますね」

「ありがとうございます」

杉浦くんのその笑顔に懐かしさが込み上げる。それと同時に、彼はもう私のことを取引先の相手としか見ていないことを実感し、寂しさに襲われる。私は心のどこかで、クリスマスの夜、ここでふたりきりになったときのように、彼が何か言ってくれることを期待していたのだと思う。

望んでいたはずの結果なのに、杉浦くんの中から私の存在が本当に消えてしまったことを知り、どうしようもなく胸が苦しい。私の心は矛盾だらけだ。

「杉浦さん、お話は終わりましたか?」

西野さんが様子をうかがうようにして、杉浦くんに話しかけてきた。

「ええ」

「この間の医薬品の件で、質問させていただいてもいいですか?」

「もちろんですよ」

「よかった。千葉さん、すみません」

西野さんが申し訳なさそうに私に笑いかけてきたので、私は小さく首を横に振った。

彼女はここ数カ月で、一段と綺麗になった。可愛らしさを残しながら、大人っぽくなっていて、スーツ姿の杉浦くんと並んでもお似合いだった。

ふたりの間には、もう誰も入り込めない。そう感じながら、私はその場を後にした。


杉浦くんと久しぶりに言葉を交わした次の日、大寒波が日本列島を襲い、昼過ぎから福岡の街にも雪がちらつき始めた。その中、私は樋口さんに食事に誘われて、活気溢れる夜の街にいた。

今年に入ってから、樋口さんとふたりで食事に行くことが増えた。樋口さんと過ごす時間は楽しく、そのたびに笑顔が増えて心が軽くなっていく気がする。こうやって流されるまま前を向くことが、今の私の精いっぱいだった。

西《にし》通り沿いにある飲食店で食事を終え、樋口さんが車を駐めているコインパーキングへと向かう。時折、痛く感じるほどの冷たい風が天神の街を吹き抜け、舞った雪が頬に触れると、その冷たさにふたりで身体を震わせた。

「うわっ、寒いな」

「ほ、ほんとですね……」

耳や頬に手を当て、寒さに耐えながら移動していると、樋口さんが西通りの向かいの道を見ながら、「あれ？」とこぼした。

「どうしたんですか？」

「あのふたり、いつの間に付き合うようになったんだろうな」

樋口さんの視線の先を見ると、杉浦くんと西野さんが並んで歩いていた。西野さんは杉浦くんのコートを掴みながら、頬をピンクに染めて幸せそうに話している。杉浦くんも穏やかな笑みを浮かべている。杉浦くんの願いが叶ったことを改めて知る。

きらめき通りの人波の中を歩いていくふたりを見つめていると、路地からやってきた大人数のグループの波に、私は引きずり込まれそうになった。

「ひゃっ！」

「おっと」

　バランスを崩した私の身体を、樋口さんの腕が力強く引き寄せる。そのまま近くのショップの脇へ避難させると、身体を屈めて私の顔をのぞき込む。

「大丈夫？」

「あっ、はい。すみません。ボーッとしてて」

「いや、謝らなくていいよ。むしろ、この状況、俺は得だなって思ってる」

「えっ？」

　次の瞬間、手がぬくもりに包まれた。いつもよりも近い樋口さんとの距離に、自然と鼓動が速まる。

　樋口さんがいたずらっ子のような笑みを向ける。

「こうしてると少しはあったかいよな」

「あ、あの……」

「っていうのは言い訳か。あのふたりの幸せそうな姿に影響されたかな。手を繋ぐことだけでも、許してもらえる？」

　真っすぐ見つめてくる樋口さんを、私も見つめ返す。

　樋口さんに触れられるのは嫌ではない。きっと、私は彼のことを好きになれるはずだ。

この手のぬくもりを受け入れることが、その一歩になるに違いない。
私が「もちろんです」とうなずくと、樋口さんは表情を緩ませ、遠慮がちに握ってい
た手に力を込めた。
大丈夫。少しずつ前に進んで、少しずつ樋口さんのことを好きになっていけばいい。
私は樋口さんに寄り添うようにして、再び歩き出した。

季節は春を迎え、杉浦くんとの関係に終止符を打ってから三カ月が経った。数日前に
は、福岡で桜の開花が発表され、春の暖かな陽射しを嬉しそうに浴びながら次々と花を
開き始めていた。
そんな、日ごとに春めく中、私の気持ちは足踏みしたままで、樋口さんとの関係もあ
まり進展していなかった。原因が自分にあるのは明白だった。何度決意し直しても、私
の心の中から杉浦くんのことが消えてくれないからだ。
そんなある日、定時を三十分ほど過ぎた頃、「千葉さん、ちょっといい?」と樋口
さんに声をかけられた。キーボードを叩いていた手を止めて顔を上げると、そこに
は樋口さんとともに、杉浦くんと彼の上司である永島《ながしま》さんが立っていた。
「千葉さん、お久しぶりです」

思わぬ顔ぶれに驚きながらも、私はすぐに立ち上がり、挨拶する。

「お久しぶりです、永島さん。お元気にされてましたか？」

「ええ。おかげさまで」

永島さんは以前、うちの会社を担当していたMRだ。杉浦くんの前任で、顔を合わせるのは一年半ぶりになる。

なぜ、新旧の担当者が顔をそろえているのか不思議に思っていると、樋口さんが口を開いた。

「四月から永島さんがうちの担当に就くそうだ」

「またこちらでお世話になることになったので、よろしくお願いします。一年半、杉浦がお世話になりました。とてもよくしていただいたようで、本当に感謝しています」

「あ、いえ、こちらこそ……」

当たり障りのない返事をしたものの、何が起きているのか、頭の中で上手く整理できない。四月から永島さんがうちの担当になるということは、杉浦くんはどうなるのだろう……。そう思ったとき、「千葉さん」と、杉浦くんに呼ばれた。

「短い期間でしたけど、大変お世話になりました。ありがとうございました」

杉浦くんはいつもと変わらない笑顔を見せる。けれど、私は笑顔を返すことができなかった。

　言葉の意味をそのまま理解すれば、杉浦くんはもうここに来なくなるということだ。担当MRが変わることはよくあることだけれど、胸騒ぎがして、私は考える間もなく、杉浦くんに尋ねていた。

「あの……杉浦さんはこれから、どうされるんですか？」

「四月から福岡を離れて、大阪本社に異動になります」

　杉浦くんは一瞬寂しげな表情を浮かべると、すぐにいつもの笑顔を見せた。

　杉浦くんが遠くに行ってしまうという事態に言葉を失っていると、永島さんが補足するように説明を加えた。

「杉浦の立場での異動は非常に珍しいケースなんですが、彼の仕事ぶりには目を見張るものがありまして、このような話になりました。今後を考えての会社の決定ですので、ご了承いただけると幸いです。今後のフォローは、私がしっかりさせていただきます」

「杉浦くんにはずいぶん無理なお願いを聞いてもらい、何度も助けてもらいました。彼と仕事ができなくなるのは寂しいですが、また永島さんに来ていただけるのは、こちらとしては大変助かります。よろしくお願いします」

「そうおっしゃっていただけると助かります」

気づけば樋口さんと永島さんの会話に変わっていて、私はそれを隣で、ただ呆然と聞いていた。

きっと、杉浦くんの仕事ぶりは私が想像している以上なのだろう。会社からも期待されていて、大きな仕事を任されることになったのかもしれない。近い存在だと思っていた杉浦くんが、なんだか遠い存在に感じられた。

「杉浦くん、いつかまた一緒に仕事できるといいな」

「はい。そう言っていただけると励みになります。ありがとうございます」

樋口さんは杉浦くんと笑い合った後、私に声をかけた。

「千葉さん、そういうことだから、よろしくな」

「……はい。よろしくお願いします」

樋口さんが「少し打ち合わせさせてください」と永島さんを促すと、ふたりは話をしながら私のデスクから離れていった。

でも、杉浦くんはその場にビジネスバッグを置くと、中からＡ４サイズの封筒を取り出した。

「千葉さん」

「あっ、はい」

杉浦くんが封筒を差し出す。

「これ、よかったらどうぞ」

「え？」

首を傾げると、杉浦くんが「すみません」と言って笑みをこぼした。

「依頼されている資料ではないんですけど、千葉さんの業務に役立ててもらえたらと思って、個人的にまとめてみたものです。ご迷惑でなければ、受け取ってもらえませんか。不要なら処分していただいて構いませんから」

杉浦くんはどこか寂しげだった。受け取らないのも悪い気がして、中身もわからないまま、私は封筒に手を伸ばした。

「わかりました。受け取らせていただきます。ありがとうございます」

杉浦くんから受け取った封筒は想像以上に重く、何が入っているのか想像もつかない。その場で中をのぞいてみようかとも思ったけれど、その前に杉浦くんが口を開いた。

「受け取ってもらえてよかった。営業のサポートの仕事、千葉さんにできることを頑張ってください。応援してます」

寂しそうな表情から一変して、杉浦くんにやわらかな笑顔が戻った。私は彼に初めて会ったときからずっと、この笑顔を見るのが大好きだった。

次々と杉浦くんとの繋がりがなくなっていく。木曜日の繋がりがなくなり、仕事の繋がりもなくなる。大学のサークル仲間という繋がりはなくならないとしても、彼が大阪に行ってしまえば、今後、会える機会はめったにないだろう。タイミングが合わなければ、この先ずっと会えないことすら考えられる。

杉浦くんから離れたと言っても、私には彼に会うことのできるこの場所があった。もしかしたら私は無意識のうちに、この幸せな環境に甘えていたのかもしれない。でも、もうこの場所で彼の笑顔を見ることもできなくなる。

関係を終わりにした後も、杉浦くんのことが頭から離れてくれないのは、今もまだ心の奥底で杉浦くんのことを好きだと強く思っているからに違いない。そんなままで、杉浦くん以外の人を好きになろうとしても、簡単になれるはずはなかったのだ。

改めて自分と向き合い、気持ちを素直に認めると、自然と涙が溢れてきた。

「じゃあ、身体に気をつけてくださいね」

「あっ、待って！」

「……」

「あの……また、会えるよね……？」

杉浦くんは驚いているようだった。呆れられても仕方がない。私のほうからあんな終わらせ方をしたのだから、こんなことを言う資格なんて私にはない。でも、これから先ずっと、杉浦くんに会えなくなるのは嫌だった。

するると、杉浦くんの表情が緩み、笑顔が浮かんだ。

「会えますよ。絶対に」

「……」

「いつか、必ず。梓さんに会いに来ます」

杉浦くんの瞳は強い意思が感じられて、いつか必ず再会できるように思えた。

「杉浦くん、ちょっといいかい」

「はい。じゃあ……」

奥の打ち合わせテーブルから、永島さんが手招きをしている。杉浦くんは私に頭を下げると、背中を向けた。

その背筋は伸びていて、なんの迷いもないように思えた。杉浦くんはただ真っすぐ前を見据えて、私よりもずっと先を歩いている。

私もちゃんと前を向いて進まなければいけない。あなたが〝いつか必ず会える〟と言ってくれるのなら、私はあなたに再会するその日まで、前を向いて過ごしたい。

いつになるかはわからないけれど、サークル仲間として、仕事で関わった仲間として、杉浦くんと笑顔で再会したいと心に誓った。

第四章　変わることのない想いと願い

四月になると、爽やかな風が舞い込むように、新入社員が入ってきた。採用の中心は営業職や管理薬剤師などであるため、事務職である私の下につく新人はいないけれど、彼らの姿を見ると、新人時代を思い出し、心を新たにさせられる。

オフィスを訪れる医薬品メーカーのMRの顔ぶれも、何人か変化があり、新年度特有の新鮮さを感じる。しばらくすれば、新人MRを同行させるMRも増えるだろう。

でも、そこに杉浦くんの姿はない。彼がオフィスを訪れていた一年半という期間は、自分にとって思っていた以上に日常化していたようで、月・水・金の朝はいまだにほかの日より少し早く目覚めてしまうし、MRを出迎える西野さんの声を聞くたびに、杉浦くんかと思って一瞬目をやってしまう。そこに永島さんの姿を見つけると、杉浦くんはもうここには来ないのだと思い知らされ、そのたびに虚無感に襲われる。

こんなふうにふとした拍子に寂しさが込み上げてくるけれど、前を向いて進もうとする気持ちに変わりはなかった。今はまだ杉浦くんのいない寂しさのほうが大きい。でも、やがてきっと時間が解決してくれるだろう。そう自分に言い聞かせながら、私は一日一日を過ごしていた。

実際、樋口さんにもらった資料と、杉浦くんから最後に受け取った〝封筒〟を元に、薬剤の勉強には取り組んでいた。

杉浦くんが去った後、受け取った封筒の中身を確認すると、一冊の分厚いファイルが入っていた。それには医療情報や薬剤の知識をはじめ、薬を処方される患者の視点や勉強の参考になる書籍の名前、サイトなどが詳細にまとめてあった。

ざっと目を通しただけでも、営業の提案資料の作成などもサポートする私の業務に役立つのは明らかだった。彼が「業務に役立ててほしい」と言っていた意味がはっきりとわかった。

杉浦くんと樋口さんからもらった資料には共通部分がありながらも、ＭＲとＭＳというそれぞれの視点から知識がまとめられていて、とても勉強になる。

ただ、ひとりで勉強するため、どうしてもモチベーションが上がらないときもある。

そこで私は、はっきりと結果が見える目標を作るのが一番だと考え、調剤薬局事務の資格取得を目指すことにした。調剤薬局事務とはその名前のとおり、調剤薬局で働く事務員が持つ資格のことだ。その役割は、薬剤師が調剤に集中するために、患者の対応やレセプト作成・雑務などを行うことである。

資格取得を目指すからといって、転職を考えているわけではない。私たち医薬品卸会社が直接関わる調剤薬局の事務の仕事を知ることで、今後の業務に何か役立てられるのではないかと考えてのことだ。資格の勉強をする中で、薬と保険制度の知識を得ることができるのも、大きなメリットだと感じている。

こんなに勉強するのは学生のとき以来だけれど、資格試験の内容と杉浦くんからもらったファイルの内容がリンクしている部分が結構あって、比較しながら読むと興味深く、私は夢中になって勉強に取り組んでいた。

さらに私は、営業事務として準備を手伝うという名目の下、MRが行う医薬品の説明会や勉強会にもできるだけ参加させてもらえるよう上司にお願いした。ときには樋口さんはもちろんのこと、就業時間外に営業の新人を捕まえて、話を聞かせてもらうこともある。私の営業についての知識は新人と大差ないので、疑問を共有しやすくて、かえって説明がわかりやすかったりするのだ。

私のやっていることは遠回りなのかもしれないけれど、前にさえ進んでいればいいという気持ちで取り組んでいる。

そうした日々にも慣れ始めた、ゴールデンウイークを過ぎたある日のこと。いつものようにパソコンを前に資料の作成をしていると、樋口さんと永島さんの会話が突然耳に飛び込んできた。話の中に杉浦くんの名前が出てきたからだ。

私は動揺してしまい、手元の資料を床に散乱させてしまった。慌てて拾いながら聞き耳を立てていると、杉浦くんは早くも新天地に溶け込んでいて、成果を出し始めているといった内容だった。杉浦くんが遠くにいる寂しさよりも、活躍している嬉しさのほうが大きかった。

以前、杉浦くんとした会話が脳裏によみがえる。たしか彼がここで説明会の演者を務めたときのことだ。ふたりで片づけをしながら、私が薬剤の勉強をしていきたいと話すと、杉浦くんは「一緒に頑張りましょう」と言ってくれた。彼にとってはただの社交辞令だったかもしれないけれど、私にとってはその言葉がすごく心強かったことを覚えている。

そんな思い出とともに、ヤル気がみなぎってくるのを感じた。好きな人が頑張っていると知ると、自分も頑張ろうと思える。ようやく本当の意味で、前を向くことができるようになってきている気がした。

　そんな自分に気づいた私は、もう一つのけじめをつけることにした。

　その日、私は定時を過ぎると、樋口さんに会社の屋上に来てもらった。夕焼け色に染まる西の空には、気の早い三日月が浮かんでいた。

「ごめんなさい。樋口さんの気持ちには応えられません。本当にごめんなさい」

　かすかに吹いた冷たい風が、私と樋口さんの髪を揺らす。樋口さんの真っすぐな瞳に見つめられ、思わず目をそらしたくなる。でも、私は自分に関わってくれる人たち、そして何よりも自分の気持ちから逃げたくなくて、彼の目を見つめ返した。

「もしかして、好きな男と願いが叶った？」

「いえ、そういうわけじゃありません」

「そう。じゃあ、気持ちが変わらなかったってことか。これから先も？　まったく見込みはない？」

「……すみません」

　謝ると、樋口さんが小さくため息をついた。

「本当に、ごめんなさい」

　謝っても許してもらえることではないと思う。もしかしたら、謝ることで気を悪くさせているかもしれない。でも、こうする以外、何もできない。

「ライバルがいなくなって、チャンスが来たと思ったんだけどな」

「え？」

「知ってたよ。千葉さんが想ってる相手が誰なのか。杉浦くんだろ？」

樋口さんにあっさり言い当てられて、私は絶句した。

あれほど、想いを悟られないように注意してきたはずなのに、いつ気づかれたのだろう。まったく心当たりがない。

私が返事に困っていると、樋口さんは穏やかな口調で言った。

「でも、杉浦くんには西野さんがいる。それでもいいのか？」

静かに尋ねられ、私も少し冷静さを取り戻す。たしかに誰が見ても、あきらめるべき状況であるのは明らかだ。でも、自分の気持ちを偽ることはできなかった。

「彼のことを忘れようとするほうが苦しいことに気づいたんです。それなら、いっそのこと、忘れることをやめてしまおうと思ったんです」

「……そう。じゃあ、杉浦くんのことを忘れなくていいから、俺と付き合おうって言ってもダメか？　千葉さんの気持ちが俺に向くまで、いつまでも待つよ」

告白されたときと同じように、樋口さんの強い想いが伝わってくる。でも、これ以上傷つけたくない。

「私の心が動くかもわからないのに、樋口さんを縛りつけられません」

「俺はそれでもいいよ」

「ダメです！　本当はもっと早く伝えるべきだったんです。私、優しい樋口さんに甘えてたんです。苦しさから逃れたくて……。それなのに、結局彼のことが忘れられなくて……ごめんなさい」

「それでよかったのに」

「よくありません。勝手なことを言うのはわかってます。でも……信頼している先輩だから、これからも仕事仲間として付き合ってもらえませんか」

樋口さんは大きく息を吐いた後、困ったような笑みを浮かべた。そこに私を責めるような様子はなかった。

「悔しいけど、そんな嬉しい言葉を言われたら返す言葉もないよ」

「樋口さん……」

「最近の千葉さん、見違えるようになったよ。今までも頑張ってたけど、仕事に対して自分から進んで取り組んでるところ、すごく感心してるよ。作業のスピードも上がったし。そのあたりも杉浦くんが影響してるのかな」

「いえ。今の自分にできることをしているだけです」

「……うん。千葉さんの気持ちはよくわかった。心を動かせなかったのは残念だけどな。でもまぁ、気が変わったらいつでも俺のところにおいで」

「いや、それは……」

「なーんて、な」

樋口さんはクスクスと笑い、「冗談だよ」と私の頭を優しく撫でた。その手は大きくて温かくて、私にはもったいないくらいの優しさで溢れていた。

「樋口さんの気持ち、すごく嬉しかったです。ありがとうございました」

「……あぁ」

結局、私は樋口さんの優しさに甘えている。私のしていることは自己満足だろう。でも、ひとつ荷を下ろせた気がして、安堵したのも事実だった。


自分なりに生活の歯車を回し始めてから三カ月が経った頃、私は調剤薬局事務の試験に無事合格した。自信になったとともに、営業から資料作成を頼まれたようなときも、ただ依頼されたことをこなすだけでなく、自分の意見も提案できるようになった。

現場を見たことのない事務員の意見ということもあり、考えが甘いと却下されることも多い。けれど、その意図やメリット、デメリットをしっかり説明することができれば、組上《そじょう》に載ることもある。自分の出した案が実際に通り、病院や薬局で役立っていると聞くと嬉しくて、さらに頑張ろうと思える。

先日は経営コンサルティング業務を担当している飯島さんから、薬局経営について意見をもらえないかと相談された。いつかは私も、飯島さんと同じような業務も担当してみたい。

こんな毎日を送ることができるようになったのも、私を支えてくれる人たちのおかげだ。とりわけきっかけをくれた杉浦くんの存在は、今も私の中で大きいままだ。

季節は巡り、再び冬の足音が聞こえ始めた。

十一月に入ってから、特にここ数日、冷え込む日が続いている。寒さが苦手な私は一足早く真冬用のコートをクロゼットの奥から引っ張り出した。

そして冷たい風が吹き抜ける福岡の街には、例年どおりイルミネーションが灯り始めた。イルミネーションの輝きが、心なしか街を温めてくれているように感じられる。一年が経つのは本当に早い。

定時を迎える頃、今日はノー残業デーのため、外回りに出かけていた営業が続々戻ってきた。樋口さんもたった今、戻ってきたところで、私が「お疲れさまでした」と声をかけると、コート姿のまま、パソコンで作業をしている私の隣にやって来た。

「千葉さんの提案が通った薬局、大好評だよ！」

「本当ですか？」

「あぁ。医薬品をすっきりまとめられるようになったから、効率が良くなったって」

「そうなんですね。お役に立ててよかったです」

「効能と錠剤の大きさをリストにした資料もわかりやすくて見やすいって好評だし、千葉さん、よく勉強してるよ」

「樋口さんにご教授いただいているおかげです」

「そう？　それ以上だと思うけどね」

「いえ、ありがとうございます」

　私が出した提案に対して、いつも一番意見を口にするのは樋口さんだ。でもそれは、病院や調剤薬局により良い形で提案したいと思っているから言ってくれているので、私も素直な気持ちで耳を傾けられる。

　そして、もうひとつ私を支えてくれているのは、デスクに立てかけてある杉浦くんから受け取ったファイルだ。困ったときも、嬉しいことがあったときも、密かに私はこのファイルの背を見つめ、苦しみも喜びも共にしている。

杉浦くんがこのオフィスに訪れなくなって七カ月半が経った今でも、彼のことを好きな気持ちに変わりはなかった。

「そんなわけでさ、おめでたい日ってことで、今日は美味しいものでも食べに行こう」

「えっ?」

樋口さんの突然の提案に、私は聞き返した。提案した資料が好評だというだけで、〝おめでたい日〟とするのはさすがに大げさな気がする。

「何か予定が入ってる?」

「いえ。特にないですけど、おめでたい日というのも……」

「あぁ。めでたい日でいいだろ。いろいろ順調だしさ」

「はぁ……」

「じゃあ、決まりな」

最近はトラブルもほとんどないし、たしかに順調ではある。それがおめでたいことになるのかどうかはわからないけれど、私は少し考えて「はい」と返事をした。

告白を正式に断った後も、樋口さんは今までどおりに接してくれている。食事に誘われることもあるけれど、そのときは以前のようにほかの同僚も一緒だ。

「あの、樋口さん。今日はほかに誰が――」

「おっと。もうこんな時間か」樋口さんが腕時計を見る。「俺、今からドクターに呼ばれててさ、一緒に出られないんだ」

「そうなんですか……」

「時間はかからないから、七時にきらめき通りの交差点で待ち合わせしよう。数日前から百貨店の前にイルミネーションが点灯してるらしいよ。じゃあ、また後でな」

「あっ、樋口さん……って、行っちゃった」

ほかに誰が来るのか確かめる間もなく、樋口さんはオフィスを出て行った。

私はパソコンに向かい直し、中途半端だった文章を区切りのいいところまで打ち込んだ。パソコンをシャットダウンしている間に、店の候補を一応探しておこうとスマホのグルメサイトのアプリを起動する。

目についた店をいくつかブックマークし、帰る準備を終える。まだ帰り支度をしている同僚に向かって「お先に」と声をかけて、私はオフィスを後にした。

会社から待ち合わせ場所の天神の中心部までは、歩いて十五分ほどの距離だ。その途中の那珂川にかかっている橋からは、博多埠頭《はかた》にあるポートタワーや、中洲《なかす》のネオンが見える。風は冷たいけれど、私はバスには乗らず、街を眺めながら歩いた。

天神に到着すると、待ち合わせ時間までまだ一時間ほどあった。私は雑貨店やアパレルショップが多く入っている商業施設で、ウインドーショッピングをして時間を過ごした。天神の街は会社帰りの人や学生で溢れていたけれど、多くは家路につく人たちで、木曜日の今日は金曜日ほどの賑わいはなかった。

きらめき通りのそばの百貨店に到着したのは午後六時四十五分。空はすっかり闇に包まれていたけれど、天神の街はシャンパンゴールドをメインとしたイルミネーションで煌びやかに輝いていた。特に百貨店の入り口には、今年もツリーイルミネーションがセットされ、ひときわ輝きを放っていた。

本当はこの場所に来るのが少し怖かった。ここは去年のクリスマスイブ、杉浦くんと過ごした最後の夜に、一緒にツリーイルミネーションを見た場所だからだ。

去年は青の電球をメインとしたイルミネーションだったけれど、今年は雪の眩《まばゆ》さを想起させる白の電球をメインに、色とりどりの電球がツリー全体に散りばめられている。そのひとつひとつがルビーやサファイア、エメラルドなどの宝石のようで、とりわけ明るく輝く光はまるでダイヤモンドのようだった。

去年、杉浦くんと一緒に見ていたイルミネーションをひとりで見るのは寂しかった。今でも彼のぬくもりを求めていることを深く感じる。私は無意識に両手を口元に運び、自分を慰めるように温かい息を吹きかけていた。

しばらくイルミネーションを見つめていると、バッグの中でスマホが震えるのがわかった。樋口さんからの電話かもしれないと思い、周囲の人の邪魔にならないように植え込みの前へ移動する。スマホを取り出し、画面に表示された名前を見た瞬間、時間が止まった気がした。

「どう、して……？」

私の瞳に映っていたのは、この先、私に電話をかけてくることはないと思っていた人――〝杉浦瑞希〟の名前だった。

彼の番号につけていた着信拒否の設定はずいぶん前に解除していて、結局、削除できないまま、今も私のスマホのメモリーに残っている。

このまま電話に出なければ、この先、杉浦くんと話す機会は永遠にないかもしれない。

杉浦くんの声が聞きたい、会いたいと、心が叫び声を上げる。

気がつけば、私はスマホの画面に触れ、電話に出ていた。

「……はい」

「うわっ！」

「えっ？」

「えっと……梓さん、ですよね？」

取り繕うように聞こえてきたのは、紛れもなく杉浦くんの声だった。

「あっ、はい」

「はぁ、よかった。お久しぶりです。杉浦です」

「うん……久しぶり、だね」

「すみません、変な声を出してしまって。まさか出てくれるとは思わなくて、驚きました」

「ごめんね。驚かせちゃって」

「なんで梓さんが謝るんですか。よかった。やっと声が聞けた」

杉浦くんの言葉が嬉しくて、言葉に詰まる。

「梓さん、元気にしてましたか？　風邪とか引いてませんか？」

「……うん、元気にしてるよ。杉浦くんは？　きっと、仕事、忙しいんだよね」

たったひとこと、ふたこと、言葉を交わしただけなのに、聞き慣れた声とリズムが心地良くて、ふたりで会っていた頃に、時間がさかのぼったような錯覚を起こす。

「そうですね。毎日慌ただしくて疲れ気味ですけど、梓さんの声を聞いたらどこかに飛んでいきました」

「何、それ……」

「言葉のとおりですよ」

電話越しなのに、杉浦くんの笑い声やかすかに聞こえる息づかいが耳にくすぐったい。

声を聞く限り、杉浦くんは何も変わっていないようだ。ただ、大きな疑問が残ったままだった。そのことが私を不安にさせる。

「あの、杉浦くん」

「なんですか？」

「何かあったの？　電話をかけてくるなんて……」

きっと杉浦くんは私に何か伝えたいことがあって電話をかけてきたはずだ。聞くのが怖い。でも、聞かないわけにはいかない。

「……」

「杉浦くん？」

電話が切れてしまったのかと思って画面を確認すると、通話中のままだった。私は急いでスマホを耳に戻した。

数秒後、杉浦くんの声がようやく聞こえてきた。

「今日は大事な日だから、梓さんの声が聞きたくて……」

「え？」

そのときだった。ツリーイルミネーションの横にある鐘が鳴り響き、ウインターソングのオルゴールのメロディーが流れ始めた。

「梓さん……？」

スマホ越しだけではなく、リアルに聞こえてきたその声にゆっくり振り向くと、そこには驚いた表情で佇《たたず》む杉浦くんの姿があった。

「杉浦くん⁉　なんでここに……」

「梓さん！」

杉浦くんが一歩、二歩と近づいてきて、私の身体を引き寄せると、痛いくらいに強く抱きしめた。

私は右手にスマホを握ったまま、動くことも、声を出すこともできなかった。突然のことに、何が起きたのか理解できなかった。でも、全身を包み込むぬくもりと匂いを私はよく知っていた。大好きな人のものだから忘れるわけがない。ここにいるのは、たしかに杉浦くんだ。

「梓さん……会いたかった……」

「杉浦くん……」

「本当に梓さんだ……」

　大事なものに触れるように優しく、でも、しっかりと抱きしめてくれる杉浦くんを、私も自然と抱きしめていた。耳に触れる吐息がくすぐったくて、全身が熱を持っていく。

　彼の存在をもっと感じたくて、腕に力を込めようとした際、私の手からスマホが滑り落ちた。地面とぶつかる音とともに、辺りの喧騒《けんそう》がよみがえってきて、私は現実世界に引き戻された。

「あっ、杉浦くん……」

「……なんですか？」

「あの、ここ、人がたくさんいるから……」

「そんなのどうでもいいです。今は梓さんを感じることのほうが大事です」

「ちょっ……杉浦くん、どうしちゃったの？　っていうか、なんでここにいるの？　大阪にいるんじゃ……」

「後でちゃんと話しますから、今はちょっと黙っててください」

　杉浦くんの腕に力がこもる。彼の息が耳にかかり、私は身体を震わせる。

　いつもの杉浦くんと違う。何年もそばにいたけれど、杉浦くんは人がいる場所でこんなことをする人ではない。身をよじってみるものの、彼は離してくれない。

そのとき、樋口さんと待ち合わせしていたことを思い出し、私は慌てて訴える。

「ね、杉浦くん！　ここに樋口さんが来るの」

「樋口さん？」

「そう。待ち合わせてるの。こんなところ見られたら誤解されちゃうよ。杉浦くんも困るでしょ？　だからお願い、離して」

「嫌です。離しません。樋口さんから梓さんを奪うために、半年以上も我慢して頑張ってきたんですから、もう少しこうしていてください」

何を言われているのかわからない。理解できたのは、もう少しこのままでいたいというところだけだ。どうしたらいいかわからなくて、じっと抱きしめられていた。

やがて、私たちを包み込むように流れていたオルゴールのメロディーが終わり、それと同時に、杉浦くんが腕の力を緩めた。

「……すみません」

「え？」

顔を見上げると、ばつの悪そうな表情をしている。そして、「バカだな、俺」という呟き声が聞こえた。

「焦りすぎですね。梓さんはちゃんとここにいるのに。すみません。困らせましたよね」

杉浦くんの瞳にイルミネーションの光が映り込む。その瞳はこの場所にあるどんな光よりも綺麗に輝いていて、吸い込まれそうになる。

心を奪われていると、その視線が何かを思い出したように地面に落とされた。そして、身体を屈め、私が落としたスマホを拾ってくれた。

「よかった。画面は割れてませんね」

「あ、ありがとう」

杉浦くんからスマホを受け取り、待ち受け画面を表示する。するとそこには、メールの着信を知らせるアイコンと樋口さんの名前が表示されていた。

私は「ちょっとごめんね」と、杉浦くんに断りを入れ、メールを開いた。

「……え⁉」

ほんの数分前に届いたメールの文章に、私は目を疑った。

『お疲れ。ちゃんと杉浦くんに会えたか？　俺はデートで忙しいから、ふたりの時間を楽しんできなさい。バカ真面目なふたりに幸あれ！　P.S.最近、彼女ができました』

驚いて、樋口さんから送られたメールであることをもう一度確認し、何度も何度もメールを読み返す。五回ほど読み返した後、ようやくこの再会は樋口さんが仕組んだことだと気がついた。

どうして樋口さんがこんなことをするのだろうか。杉浦くんはこのことを知っているのだろうか。

はっきりしているのは、樋口さんに彼女ができ、私の気持ちが少しだけ軽くなったことだけだ。

「梓さん、どうしました？　大丈夫ですか？」

「あっ、うん。樋口さんからメールが来てたの。ここには来ないみたい」

すると、杉浦くんはハッとした顔をして、スーツのポケットから自分のスマホを取り出した。そして、画面を確認すると、大きく息を吐き出した。

「見事にはめられましたね。俺のところにもメールが届いてます」

「えっ？」

「俺も樋口さんと、七時にここで待ち合わせをしてたんです」

「杉浦くんも？」

「はい。余裕ぶっていて、ちょっと腹が立ちますけど、樋口さんには感謝しないといけませんね」

疑問がひとつ解けたとはいえ、どうして樋口さんがこんな計らいをしてくれたのか、よくわからない。それになんだか杉浦くんの言い方には、樋口さんへのトゲがあるように感じられた。ふたりの間には何かあるのだろうか。

「梓さん」

「はい！」

「伝えたいことがあります」

「……え、何？」

突然杉浦くんが真剣な表情になった。彼の真っすぐな視線に戸惑っていると、彼の唇がふっと緩んだ。

「俺、梓さんが好きです」

「……え？」

「ずっと好きでした。大学の頃からずっと……」

〝好き〟という言葉に私の頭の中を占領されてしまい、私は何も言うことができない。

「わかってます。樋口さんと付き合ってることも、俺の気持ちが梓さんを困らせることも。でも、梓さんが結婚するまでは、俺はあきらめるつもりはありません。……やっとスタートラインに立てたから、俺にもチャンスをください！」

私の思考が止まったのか、杉浦くんの言っていることがまったく理解できていない。

「あの、ごめんね。私……」

「謝られても、断られても、俺はあきらめません」

「違うの。そうじゃなくて、杉浦くんが何を言ってるのか、よくわからない」

「何がわからないんですか？」

「えっと……樋口さんと付き合ってるって、なんの話？」

「付き合ってるんでしょ？　梓さんと樋口さん」

「ううん、付き合ってないよ」

「え⁉　待ってください。別れたってことですか？」

「違うよ。私、樋口さんと一度も付き合ったことなんてない」

「でも、樋口さんは付き合ってるようなことを……まさか、それもはめられてたってことですか？　え、でも、梓さんは樋口さんのことが好きなんですよね？」

私は首を横に何度も振る。

「樋口さんは尊敬できる先輩だけど、付き合うとか、好きとか、そういう感情はないよ。それに樋口さんには、ちゃんと彼女がいるみたいだし」

「彼女？　まったく、あの人は何を考えてるんだよ……」

杉浦くんは天を見上げ、苦虫を噛み潰したような顔をしている。でも、すぐに私に顔を向け直して尋ねた。

「じゃあ、梓さんが俺から離れていったのはどうしてですか？　ほかに誰か好きな人がいるからなんですよね？　好きな人以外とは抱き合えないって言ったのは梓さんですよ」

「違うよ……。私は杉浦くんにちゃんと好きな人と幸せになってほしかったの。杉浦くんは西野さんのことが好きなんでしょ？　朝会の前もいつもふたりで楽しそうに話してたし、今年の初めの頃だったと思うけど、ふたりが寄り添って街を歩いてる姿も見たし」

「待って、梓さん」

「待たないよ。去年のサークルの忘年会のときもね、杉浦くんと平山くんの話、偶然聞いちゃったの。卸会社に好きな人がいるって言ってたけど、それって、西野さんのことだよね？　杉浦くんは西野さん以外と抱き合うなんて嫌だろうから、離れなきゃって思ったの。これ以上、迷惑かけたくなかったから、だから――」

　矢継ぎ早に話す私の手を、杉浦くんが掴んで話を止めた。

「待ってくださいって。勘違いしてます。俺が好きなのは梓さんだけです。この気持ちは大学の頃からずっと変わっていません。あの花火の日からずっと。俺がキスしたのも、抱いたのも、梓さんだけです。好きで好きで仕方なくて、我慢できなくて、俺は梓さんだけを求めてました」

「嘘……」

「嘘じゃありません。ずっと気持ちを伝えられなかったのは、自分が梓さんにふさわしい相手だって自信を持って言えなかったからです。自分がやってることが許されなくても、梓さんを失いたくなかった。たしかに西野さんから告白はされました。どうしても一度だけって頼まれて、ふたりで食事に行ったこともあります。でも、付き合うのは、好きな人がいるからと断りましたし、それ以上のことは一切ありません。信じてください」

「……じゃあ、好きでいてもいいの？」

「え？」

「私、杉浦くんから離れなくてもいいの？」

この気持ちをこれからも持ち続けていいのだろうか。この気持ちをあなたに伝えていいのだろうか。

「梓さんが好きなのって……」

「杉浦くんだよ……。自分の気持ちに気づくまで少し時間はかかったけど、初めて会ったときから、ずっと私は杉浦くんのことが好きだった。……でも、私がいたら、杉浦くんは幸せになれないと思ったから、離れなきゃって」

「梓さん……」

　手を強く引かれ、私は杉浦くんの胸の中に閉じ込められる。その大好きなぬくもりに涙が溢れ出す。

「ずっと、ずっと、好きだったんだよ」

「本当なんですね？　本当に俺のこと、好きでいてくれてるんですね？」

　杉浦くんに強く抱きつき、私は何度もうなずいた。ずっと我慢していた気持ちの蓋が外れ、私はまるで壊れてしまったおもちゃのように、自分の気持ちを何度も口にしていた。

「好き。杉浦くんが好きだよ。好き」

「梓さん」

「んっ……」

　杉浦くんの熱い吐息とやわらかな唇が、私の耳に触れて声が漏れる。

「夢みたいです。まさか今日、願いが叶うなんて」

「願い？」

「去年のクリスマスイブに言ったでしょ？　叶えたい願いがあるって。俺は何年もずっと、梓さんのことが欲しいって願ってました」

「嘘……」

「嘘なんかつきません。あのとき梓さんが一緒に願ってくれたから、今年こそは絶対に叶えるって決めました。梓さんと並んでも恥ずかしくない男になって、もしほかに好きな相手がいるなら、俺に気持ちが向くまでとことんぶつかってやるって」

杉浦くんの願いにまさかこんな嬉しい真実が隠されていたとは、想像もしていなかった。

「梓さんが好きです。もう、絶対に離しません」

「杉浦くん……」

杉浦くんが身体を少しだけ離し、私の頬を流れる涙を指でぬぐう。視線を上げると、そこに大好きな杉浦くんの笑顔があった。

「誕生日、おめでとうございます」

次の瞬間、やわらかくて温かい彼の唇が優しく私に触れた。それと同時に、今日は私の二十九回目の誕生日だったことに気づく。十一カ月ぶりのぬくもりに、私の目から再び涙が流れ落ちた。

樋口さんが〝おめでたい日〟と言っていたのも、このことだったのだろう。朝から思い出しもしなかった。杉浦くんがいなければ、自分の誕生日すら意味を持たないようだ。たくさん人が行き交う場所で、恥ずかしすぎるやり取りをしていた私たちに、周りにいたカップル数組と高校生グループが拍手を送ってくれた。「感動しました」と、泣いている女の子までいた。

あまりの恥ずかしさにイルミネーションの明かりから顔をそらす私に対して、杉浦くんは嬉しそうにお礼を言っていた。

私と杉浦くんは国体道路沿いにあるダイニングバーで食事をした後、彼の車を駐めてあるコインパーキングに向かった。

杉浦くんが差し出した手に自分の手を重ねると、どちらからともなく指を絡め合った。杉浦くんが「やっと恋人繋ぎができた」と嬉しそうに言っているのを聞いて、ようやく私にも彼女になった実感がわいてきた。

幸せな気持ちがで満たされている一方で、さっきの告白の場面を思い出し、私は赤面していた。

「もうあの場所には行けない……」

「そんなに恥ずかしがらなくてもいいじゃないですか。たくさんの人が祝福してくれて、俺は嬉しかったです」

「杉浦くんって、ハート強いよね……」

「そんなことないですよ。梓さんだって去年のクリスマスイブのときにキスしてくれたじゃないですか。あのときも今日ほどではないですけど、人が見てましたよ。梓さんからキスしてくれることなんてほとんどなかったから、すごく舞い上がりました」

あれは杉浦くんに触れることができなくなると思っていたから、と口を挟む間もなく、彼が話を続ける。

「思い返せば、梓さんが俺に気持ちを伝えてくれていたと思えること、いくつもありますね。……あぁ、そうだ。去年、梓さんの誕生日を祝った日も、梓さんからキスしてくれましたよね。あれ、すごく嬉しかったですけど、顔に出さないようにするのが大変だったんですよ。我慢できなくなるからって言ったのに、あんなふうに煽られて、さらに我慢を強いられた俺の気持ちわかります？　本気で理性失うところでしたよ」

あのとき、杉浦くんは拒否していたわけではなく、我慢してくれていたらしい。嬉しいけれど、これ以上私の失態を思い出されるのは困る。

「もう恥ずかしいから、昔のことは思い出さなくていいよ」

「嫌です。梓さんの恥ずかしがってる顔、もっと見たいですし」

「杉浦くん、この半年で性格変わった？　なんか前よりも意地悪になってるよ」

「変わってませんよ。でも、もしそうだとしたら梓さんのせいですね」

「どうして？」

「相手が梓さんだからですよ」

「意味わかんない……」

「今にわかりますよ」

腑《ふ》に落ちないけれど、意味ありげに笑う杉浦くんにこれ以上何を聞いても、きっとまともな答えは返ってこないだろう。私は追及するのをあきらめた。

でも、ひとつだけ、どうしても気になることがある。

「私、杉浦くんに一方的に酷いことをして、振り回したのに、許してくれるの？」

「俺を想ってくれていたからこそ、離れようと思ったんですよね？　そもそも俺がしっかりしてれば、梓さんにつらい想いをさせることもなかったんですから、許すも許さないもないです。結果的に上手くいったし、梓さんがそばにいてくれるだけで十分です」

「心、広すぎるよ……」

「そうですか？　まぁそれも、梓さんが相手だからですよ。あ、車、ここです」

久しぶりに目にする杉浦くんの車に懐かしさが込み上げる。彼が助手席のドアを開けて「どうぞ」と笑顔を見せる。私は再びこの場所に座ることができることに感謝しながら車に乗り込んだ。

「さてと。梓さん、ちゃんと状況わかってますよね？」

「状況？」

「このまま帰ろうなんて、思ってませんよね？」

「……えっ⁉」

「この展開で、なんで驚くんですか」

杉浦くんが呆れた表情で私を見る。杉浦くんと気持ちが通じた嬉しさで頭がいっぱいで、先のことは何も考えていなかった。

言葉は軽いけれど、彼がいつになく緊張していることが伝わってくる。そのせいで、私の鼓動も急激に速度を増していく。

「帰りたいですか？　俺はもっと梓さんと一緒にいたいです」

「私は……」考えるまでもない。「私も杉浦くんともっと一緒にいたい。いても、いいんだよね？」

「当たり前です。よかった、同じ気持ちで」

「……うん」

杉浦くんのホッとした様子に、私も心の落ち着きを取り戻す。

「じゃあ、行きましょうか」

「うん」

十五分後、車は〝ある場所〟に着いた。車を発進させる前に、彼がいつもより緊張していた理由を理解した。

車を降りると、杉浦くんは私の手を引いてエレベーターホールへと向かった。

「梓さん、手に汗かいてますよ。やめてくださいよ。緊張がうつるじゃないですか」

「だ、だって……」

私と杉浦くんがいるのはホテルではなく、杉浦くんの住むマンションだ。想像していなかった場所、しかも社会人になって初めて自宅に連れてこられたのだから、緊張するのは当然だ。

「大丈夫ですよ。俺しかいませんから、安心してください」

「当然でしょ。もし女の人がいたら絶交だよ。杉浦くんとは一生口を利かない」

「それは困るな」

杉浦くんがおかしそうに笑う。何年経っても、杉浦くんの笑いのツボがわからないけれど、彼の笑顔を見るたびに幸せな気持ちになる。

エレベーターを降りると、杉浦くんは「ここです」と言って部屋の鍵を開けた。手を引かれて中に入る。暗かった視界が明るくなり、鍵を閉める音が響いた。

「梓さん……」

顔を上げると、唇が重なった。やわらかくてしっとりと湿った唇が啄むようにキスしてくる。彼の熱が触れるたびに、緊張がほぐれていく。

天井から降り注ぐ暖色系の明かりが、私と杉浦くんを優しく包み込む。私たちは額と額を合わせて、見つめ合った。

六年半以上、お互いの熱を感じ合ってきたにもかかわらず、まるで初めて触れ合ったみたいだ。好きな人と想いが通じ合う幸せを、私は噛みしめていた。

「どうです？　緊張、なくなりましたか？」

「……うん。さっきよりは」

「よかった。じゃあ、これからは梓さんが緊張してたらキスすることにします。上がってください」

そう言うと、杉浦くんは繋いでいた私の手を離して、廊下を進んでいく。「おじゃまします」と言って、私もその後に続いた。

廊下の奥に十畳ほどのＬＤＫが現れた。手前にはキッチンとカウンターダイニングがあり、壁際には本棚やテレビ、そして部屋の中央にはソファとローテーブルが置いてある。引き戸が閉められている部屋は寝室だろうか。

整理整頓され、すっきりまとまった部屋だが、本棚にぎっしり並べられた本の多さに圧倒される。釘づけになりながら、杉浦くんに促され、ソファに腰を下ろす。杉浦くんはそのままキッチンへ向かった。

「すごい数だね、本……」

「あぁ、大半は仕事関係の本です。気づいたらこんなことになってました」

キッチンから杉浦くんが答える。

「そっか……勉強してるんだね。永島さんも、杉浦くんの仕事ぶりには目を見張るものがあるって感心してたよね」

「褒めすぎですけどね。でも、ここ二年は今の会社の正社員になるために、必死になって仕事に取り組んでいたのは事実です」

「え、どういうこと？　二年前に今の会社に転職したんだよね？」

「梓さんには話したことないですよね。俺、先月まではコントラクトＭＲだったんです。コントラクトＭＲって聞いたことありませんか？」

「ううん」

　杉浦くんの仕事の話を詳しく聞くのは初めてだ。

「製薬会社にMRを派遣するCSOという企業があって、そこで働くMRをコントラクトMRって言うんです」

「えっ、じゃあ、そこから村居製薬に派遣されて、うちの会社を担当してたってこと?」

「そうです。そもそも人の助けになるような仕事がしたいと思ってたところにMRという仕事を知って、IT業界からの転職を考えたんですけど、MR未経験者を正社員として雇ってくれるところはなかなかなくて。そんな中、CSOは未経験でも積極的に採用していることを知って、いったん転職することにしたんです。実際、コントラクトMRから製薬会社の正社員になる例は多くて、俺も運良く引き抜いてもらえて、先日、晴れて村居製薬の正社員になることができたんです」

「そうだったんだ……」

　人の助けになる仕事がしたいという考えが杉浦くんらしい。

「はい。村居製薬に派遣されたのは偶然だったんですけど、じつは第一志望だったんです。というのも、どうしても福岡を離れたくなかったんですけど、村居製薬はある程度、希望の勤務地を聞いてくれるんです。大阪への異動は正社員への登用を前提にした、いわばお試し期間で、チャンスを掴むには受けるしかなかったんです」

「杉浦くん、そんなに福岡から離れたくなかったの？」

「もちろん、離れたくありませんよ。福岡は住みやすくて街自体も好きだし、何よりも梓さんがいますからね。まあ、今思えば、クリスマスの別れがいいきっかけになったのかもしれません。半年で福岡に帰って来られて本当によかったです」

「……私がいるから？」

「はい。梓さん、本社採用だから転勤はないっていつか言ってたでしょ。俺、梓さんと出会って、梓さんと過ごしてきた福岡が好きなんです」

私が杉浦くんから離れたくなくて福岡で就職したのと同じように、杉浦くんも私のことを想って就職を考えてくれていたということだ。

「嬉しい……」

「よかった。重いと思われないで」

「思わないよ」

「一刻も早く正社員を目指したのは、梓さんと早く対等になりたかったからです。中途半端な状態で梓さんに不安な想いをさせるのは嫌だったし。まあ、男のバカなプライドかもしれないですけどね」

「そんなことないよ。そんなふうに考えてくれながら、うちの会社に顔を出していたんだね」

「はい。じつは」

コーヒーの香ばしい香りとともに、杉浦くんがリビングに戻ってきた。カップをローテーブルに置くと、彼は私の隣に座った。

「サカキメディカルに梓さんがいてくれて、本当によかったです。言葉を交わさなくても、朝、梓さんの姿を見ることができるだけで、今日も頑張ろうっていう気持ちになるんです。この半年間、梓さんに会えなくて、改めて自分にとって梓さんがいかに大切な存在なのかわかりました」

「それは大げさじゃない？　頑張れたのは杉浦くん自身の力だよ」

私は何もしていないのに、そんなふうに言われると恐縮してしまう。とはいえ、私もオフィスで杉浦くんの姿を見てパワーをもらっていたから、彼の言っていることはよくわかる。

「自分がどれだけ強力なパワーを持ってるか、梓さんはわかってないんですね」

彼の視線が一瞬下に向けられたかと思うと、手が重なった。

「初めて会ったときからそうだった。梓さんの笑顔を見るだけで、どんなに落ち込んでいても這い上がれるんです」

「やっぱり大げさだよ……」

その言葉は嬉しいけれど、私にはもったいない言葉だし、照れくさい。頬が熱くなった気がしてうつむくと、杉浦くんは私に向き直り、真剣な眼差しで言った。

「大げさじゃありません。俺にとって梓さんの影響力はすごく大きいんです。梓さんに出会うまでは木曜日なんてだるいだけだったのに、特別な日に変わったんですから」

「私も毎週楽しみにしてたよ。週に一度、一緒の時間を過ごせる日だったんだから」

「それだけじゃないんです。梓さん、気づいてました？　梓さんに出会った日も、初めて抱き合った日も、初めて俺の誕生日を梓さんが祝ってくれた日も、みんな木曜日でした。梓さんの会社に顔を出すようになってからも、お互いに木曜日が一番時間を取りやすいことに運命的なものを感じました」

気づいていなかった。常識的に考えれば、いろいろな出来事がたまたま木曜日に当たっただけのことだろう。でも、それを偶然と捉えるか、必然と捉えるかは、人それぞれだ。そこに答えなどない。

きっと杉浦くんが木曜日に運命を感じた時点で、すでにそこに不思議な力が生まれているのだ。これからは私も、その奇跡の力を信じたい。週に一度、ふたりにとって特別な日があるなんて、これ以上に素敵なことはない。

「そうだね。私にとっても、木曜日は特別な日だよ。今日だって、杉浦くんのおかげでこんなに大事な日になった。ありがとう」

杉浦くんに微笑みかけると、彼の手が私の頬に触れ、優しくキスしてくれた。唇が離れると、ふたりで顔を見合わせて、「また大切な木曜日が増えたね」と微笑み合った。

「ね、杉浦くんはいつから私のことを、その……気にしてくれてたの？」

「惹かれ始めたのは、たぶん、初めて会ったときです。〝毎日を一緒に笑顔で過ごしていこう〟って言ってくれたこと、覚えてますか？　あのときの梓さんの笑顔と言葉がずっと忘れられなくて、つらいときはいつもこの言葉を思い出してました」

その言葉ならはっきり覚えている。それは、私が杉浦くんの笑顔に惹かれて自然と口をついて出た言葉だった。自分でも無意識にそんなことを言ってしまい、驚いた記憶がある。まさかあのときの言葉を、彼が励みにしていたなんて思いもしなかった。

「そうだったんだ……」

「はい。もちろんその頃は彼女のことが一番大切だったし、ずっと彼女と一緒に過ごしていくものだと思ってました。でも、梓さんの笑顔を見るたび、話すたびに、俺の中で梓さんの存在が大きくなっていったんです。ただ、学生の頃の二年の差は大きいと感じてたし、彼女もいたから、梓さんに惹かれる気持ちに気づかないふりをしてました」

杉浦くんの手が私の手に絡む。

「気持ちにはっきり気づいたのは一年の秋の学祭のときです。梓さんと哲さんがふたりで歩いてる姿を見ただけなのに、俺は哲さんに嫉妬してたんです。梓さんを誰のものにもしたくないって思った瞬間、俺は梓さんのことが好きなんだって気づきました」

「哲くんに嫉妬？」

「あの頃、梓さんは哲さんのことが好きだって思ってたから」

「えっ、どうしてそうなるの？　私は哲くんのこと、一度もそんなふうに思ったことないよ」

「本当に？」

「本当だよ！　小学生の頃から知ってるし、恋愛になんて発展しないよ。それは哲くんも同じだよ」

私にとって哲くんは友達でしかないし、哲くんにとっても同じはず。

「そういうふうに、わかり合ってるところにも妬けますけどね。まぁその辺りは今度ゆっくり聞くことにして、それからは梓さんのことしか見えなくなっていきました。冬になる頃、彼女に自分の気持ちを話して、別れようと伝えました。俺の気持ちが変わったことで彼女には苦しい思いをさせたし、俺の身勝手さに簡単に納得してもらえるわけもなくて、別れるのに時間はかかりましたけど」

「そうだよね。きっと、つらい思いをしたよね……」

いまさらだけれど、杉浦くんの元カノに対して罪悪感を覚える。私がいなければ、ふたりは別れることはなかったかもしれないのだ。

「梓さん、そんな顔しないでください。原因は俺だし、ちゃんとわかってもらえるまで話し合いもして、最後はちゃんとお互いに納得して別れましたから。それに彼女、今は結婚して子どももふたりいるって友達から聞いてます。俺と別れた後、すぐに医者の旦那さんと出会って大恋愛したみたいで、話を聞いてるほうが照れるくらい幸せな生活を送ってるそうですよ」

「そっか……」

結果論だけど、彼女はきっと苦しい思いを乗り越えて、幸せを掴むことができたのだと思う。

「春先に彼女と別れてからしばらくは、大切な人を傷つけた負い目もあって、梓さんのことを見つめることしかできませんでした」

初めて聞く杉浦くんの想いに胸が締めつけられる。杉浦くんが彼女と別れたことを私が聞いたのは夏だった。彼はその前からいろいろな想いの中、苦しんでいたのかもしれない。

「何カ月もそうやって気持ちを表に出さないように過ごしてたけど、あの花火の日、浴衣を着た梓さんの綺麗で儚《はかな》げな姿を見て、たがが外れました。あのときは、梓さんが哲さんたちの間で苦しんでると思ってたから、弱みにつけ込もうと思ったんです。あとはもう夢中だった。梓さんの優しさを逆手に取って、呼び出しては欲をぶつけるように抱いているうちに、いつかは俺のほうを振り向いてくれるかもしれないっていうバカな考えしかなかった」

　杉浦くんはそう言って、コーヒーをひと口運ぶと、「梓さんはいつも俺に身を任せてくれるから、自惚れてたんです」と呟くように言って、また話を続けた。

「社会に出て、哲さんたちが結婚したときはチャンスだと思って、土台を固めたら梓さんに告白しようと思ってました。梓さんの近くには樋口さんもいたけど、梓さんにふさわしい男になりさえすれば、関係ないと思ったんです。その結果がこれです」

　本棚を指差して、杉浦くんは苦笑いを浮かべる。

「じゃあ、私のこと、ずっと見ていてくれてたの？」

「梓さんしか見てませんでしたよ」

今まで想像もしたことのなかった言葉に涙が溢れ出す。杉浦くんは彼女を忘れるために私を抱いていたのではなく、最初からちゃんと私のことを想っていてくれたのだ。

「ずっと、私は誰かの代わりだと思ってたの。元カノさんとか、西野さんとか……。杉浦くんにとって私は寂しさを埋めるためだけの存在だって思ってた」

「梓さんが誰かの代わりだなんて一度も思ったことはありません。目の前にいる梓さんのことだけを欲しいと思ってました。梓さんに言ったことも、行動も、全部梓さんに向けてです。でも、梓さんにはつらい想いをさせてしまいましたよね。すみません」

「杉浦くん……」

「だから今、梓さんにこうやって触れることができて本当に感動してるんです。すごく幸せです」

杉浦くんの手が涙で濡れた私の頬を優しく撫でる。彼の瞳が、今の言葉が真実だと訴えかけているようだ。

「私も同じだよ。すごく幸せ」

私が杉浦くんの手に自分の手をそっと重ねると、彼は安堵するように表情を緩めた。

「木曜日がこれから先もずっと一番特別なことは変わりません。でも、梓さんと一緒にいられるなら、いつだって特別なんです。だから一週間ずっと……いや、これから先、ずっと毎日を特別な日にしていきたい。俺のわがままに付き合ってもらえますか?」

「うん、もちろん!」

私は杉浦くんの首に腕を伸ばして抱きつく。何度もこうしたことはあるけれど、今までとは違って安心感がある。

「梓さん」と、耳元で囁くように名前を呼ばれ、くすぐったさとともに身体中が熱を帯びる。

「俺と結婚してください」

「……へっ?」

甘く囁かれた言葉に、つい気の抜けた声を発してしまった。思わず杉浦くんから離れると、彼は穏やかな笑みを浮かべて私を見つめていた。

「結婚しましょう、梓さん。梓さんがまだ結婚したくないなら、したいと思える日が来るまで俺は待ちます。でも、できるだけ早く決断してもらえると嬉しいですけど」

「え、あ、あの」

「俺と結婚するの、嫌ですか?」

「い、嫌とかそういうんじゃなくて……気持ちが通じ合ったばかりなのに、まだ決めるの早いんじゃ……」

いつかは好きな人と結婚したいと思う気持ちは当然ある。付き合ってもいないのに、杉浦くんとの結婚生活を、これまで何度も想像してきた。だから、逆に嬉しいと思うより先に、現実的なことを考えてしまう。

でも、杉浦くんは迷いのない表情をしている。彼の中では結婚はすでに決定事項になっているようだ。

「問題ないでしょ？　どんな形であっても俺と梓さんには六年半があるし、出会ったときから考えれば八年以上、一緒に過ごしてきました。それに、食べ物の好みは合うし、考え方も似てるし、身体の相性もいい。それだけ揃えば十分でしょ。もし家事の負担とかを心配してるなら問題ないですよ。俺、家事は好きですから。正社員になりましたし、これからも今まで以上にしっかり働きます。梓さんが仕事を続けるかどうかも梓さんの意思を尊重します。俺はただ梓さんと一緒に過ごせて、梓さんのことを守れればそれだけで幸せです」

これ以上ない嬉しい言葉を、杉浦くんは投げかけてくれる。去年のサークルの忘年会で杉浦くんが「結婚のために準備をしている」と口にしていたのは、私のことだった。そのことがわかって、余計に嬉しさが増す。

でも、どうしても気になってしまうことがある。

「あの……」

「なんですか？」

「本当にいいの、私で？　これからの大事な人生を、今、決めちゃってもいいの？」

「梓さんじゃないと嫌です。思いつきで言ってるわけじゃないし、ずっと考えてきたことです。心変わりはしませんから安心してください」

「でも杉浦くん、まだ若いのに……。男の人の二十七歳なんて、遊び盛りだよ？」

「遊ぶ気はありません。梓さんしかいりません。ていうか、俺が若いなら梓さんも若いでしょ。ふたつしか違わないんだから」

「来年大台に乗っちゃうんだよ？　もうカウントダウンは始まってるし……」

「切り上げれば三十歳で一緒です。たしかに大学の頃の二歳差は大きいと思ってましたけど、この年になってしまえば、年齢なんて関係ありません。それに、何よりも早く梓さんを俺だけのものにしたいんです」

「もうとっくになってるのに？」

「名実ともにですよ。一生離すつもりはないから、それなら逃げられる前にやることをやっておいたほうがいいでしょ？　結婚式や子どものことは、籍を入れた後にふたりでゆっくり考えればいいし。だから――」

杉浦くんは私の左手をそっと取り、薬指に優しくキスした後、真剣な表情で言った。

「俺と結婚しよう。梓さん」

想いが通じることはおろか、杉浦くんとの結婚は一生叶わないと思っていた。それなのに、こんな日が来るなんて夢のようだ。

とめどなく涙が流れる。杉浦くんの指が私の濡れた頬をぬぐい、その温かさが夢ではないことを教えてくれた。

「返事をもらえますか？」

「……うん。よろしくお願いします……！」

私は返事をすると同時に、杉浦くんに抱きついた。

いいところも悪いところも、もっとたくさん杉浦くんのことを知りたい。これから何十年という月日をかけて。


頭を優しく撫でられる心地良さとともに、私は目を覚ました。視線を少し上げると、杉浦くんが優しい目をして私を見ていた。

「あ、起きました？」

「……ん。おはよう、杉浦くん……」

「おはようございます。梓さん」

私は笑顔を向けてくれる杉浦くんから視線を外して、ぼんやりと辺りを見渡す。間接照明が灯る薄暗い部屋の様子から、ここがホテルでないことはわかった。いったいどこなのだろう。何か大切なことを忘れている気がする。でも、記憶をたどるほどには、頭が働いていない。

「梓さん」

「んぅっ……」

再び眠りに落ちそうになったとき、杉浦くんが私の身体を引き寄せて、覆いかぶさるようにしてキスしてきた。

夜を共にした朝は、いつも、杉浦くんは寝起きの悪い私を起こしてくれる。でも、こんなふうに朝からキスをしてくることはめったにない。彼は私が目を覚ましたことを確認すると、すぐに支度を始め、「早くしないと遅れますよ」と急かしてくれるのだ。

いつもとは異なる状況に身をよじっていると、杉浦くんの唇が私から離れた。その隙をついて彼の名前を呼ぶ。

「杉浦くん……いったいどうし……んんっ」

話の途中で、再び唇が重なる。動揺しているうえ、長いキスをされて呼吸が苦しい。

酸素を求めて唇を開くと、彼の温かな舌が入り込んできた。

そして、片方の手で私の耳や頬を撫でたりつまんだりしてもてあそび、もう片方の手で胸を包み込む。私の肌を意地悪に動いていく指先に、私は声を上げ、身体をのけ反らせて反応してしまう。

私が軽い絶頂を迎えると、私の口内をすみずみまで探るように彷徨っていた杉浦くんの舌が出て行った。私は乱れた息を整えながら、満足げな彼の笑顔を見る。

「朝から可愛すぎます。もっと襲ってもいいですか？」

「へ……？」

「会社まではちゃんと送りますから。ここからだと二十分もあれば着くから、あと一時間くらいゆっくりして、その後、一緒にシャワー浴びたらちょうどいい時間になりますね。今日は金曜だし、下着だけ今から洗って、服は昨日のままでもいいですよね？」

杉浦くんはいったい何を言っているのだろうか。私の頭の中は疑問符でいっぱいだ。

「あの、杉浦くん……」

「あ、また戻ってる。あれだけ俺の名前を呼ぶように身体に覚えさせたのに、もう忘れちゃったんですか？」

「……名前？」

「ほら、呼んで。俺の名前」

「あっ、杉浦くん、待っ……」

杉浦くんの意地悪な動きに溶けてしまいそうな感覚に襲われながらも、昨夜、彼の〝名前〟を呼びながら、何度も「好き」と言った記憶がよみがえってきた。

そうだ……杉浦くんと気持ちが通じ合ったんだ……。あの後、ふたりで夢中で抱き合って……。

「杉浦く……」

「まだ思い出しませんか？」

「思い出した、から……」

「へぇ？　何を思い出したんです？」

「……瑞希……、あぁっ……」

名前を呼んだ瞬間与えられた刺激に、私は身体を震わせて嬌声《きょうせい》を上げる。身体の力が抜け、ベッドに沈み込んだ。

息を整えていると、杉浦くんの熱い吐息が耳元にかかり、それだけで私は大きく反応してしまう。

「やっぱり、ダメですね。梓さんに名前呼ばれたら」

「あっ……」

杉浦くんの高まった熱が私の太ももに触れ、彼の言葉の意味をすぐに理解した。

「いいですか。いきますよ」

杉浦くんの甘い確認に戸惑いながらも、今から仕事に行かなければならないし、このまま流されてしまうのはよくないと思った。

「あの、待って……」

「梓、お願い」

「やだ、もう、ズルいよ……」

「梓」という響きに過剰に反応してしまうのは、昨日から甘い刺激を与えられながら、散々そう呼ばれたせいだろう。しかも、目の前にある杉浦くんの表情は切なくて、私の心を揺さぶってくる。このままでは、あっさり許してしまいそうだ。

「ズルくてもなんでもいいです。今、この瞬間が夢じゃないと確信できるなら」

「そんなこと言われたら拒否できないじゃない」

「そう言ってくれると思ってた」

「瑞希のバカ……」

「梓の前でならバカでもなんでもいい」

「あっ……」

私の中を滑らかに動き回る指はさらに激しさを増し、私も我慢できなくなってくる。杉浦くんの背中に腕を回して抱きつき、息も切れ切れに耳元で「きて……」と囁く。

「……梓。愛してる」

今この瞬間が夢ではないと、私も確信した――。


朝だから加減してくれたようだけれど、私は十分気持ちよくさせられてしまった。もし一緒に住むようになったら、こんなことが連日続くのだろうか。毎日だと身体も心も持ちそうにないから、せめて休日にお願いしたい。

のろけモード全開になっていると、杉浦くんが私を抱きしめてきた。彼は呟くように言葉を漏らす。

「夜中に何度も目が覚めるたび、梓さんがここにいてくれていることにホッとしてました」

「え？」

「情けないですけど、あの朝、目を覚ましたとき、ひとりだったことがトラウマになってるのかもしれません」

それは去年のクリスマスの朝のことだ。

思い返せば、クリスマスの夕方、杉浦くんは私に感情をぶつけてきた。あのときは杉浦くんが何を考えているのかわからなかったけれど、今なら彼の不安な気持ちと、私への想いが込められていたことがわかる。

「本当にごめんなさい……。そんなに傷つけちゃうなんて想像してなかったから」

「本当ですよ。反省してくださいね。もう二度とあんな朝は迎えたくありません」

「ごめんね、もう絶対にしないから」

杉浦くんの頬に触れると、彼の手が私の手を包み込んだ。

「もう謝らなくていいです。でも、その分、好きって言ってください。俺のそばからいなくならないでください」

「うん。いなくなったりしないよ。杉浦くんのそばにずっといる。だから、そんな顔しないで」

不安そうな顔をしている杉浦くんを抱きしめたくなり、私は上半身を浮かせて彼の頬に唇を落とした。

「好きだよ。瑞希……」

〝ごめんね〟と〝好き〟の気持ちを込めて、彼の名前を呼ぶ。

「うん。俺も」

「ひゃっ？」

杉浦くんは私の身体を軽々と反転させて、私の上にかぶさると、脳みそを溶かすような甘い声で私の名前を呼ぶ。そして肌に触れながら、首筋に顔を埋めて吸いつく。

「梓、もう一回いい？　可愛すぎて止まらない」

「あっ、もうダメだよ。仕事行かなきゃ」

杉浦くんを制するように腕を掴むと、彼は動きを止めて大きなため息をついた。

「なんで今日、平日なのかな……」

「昨日が木曜日だったんだもん。仕方ないよ」

「週休三日になればいいのに。なんなら木曜日と金曜日が休みでもいいです」

杉浦くんがあまりにも真剣な表情で言うから、噴き出しそうになるのを必死に堪えた。代わりに彼の髪を撫で、諭すように言う。

「ほら、でも、今日一日頑張れば休みだよ。だから支度しよ？」

「……わかりました」

杉浦くんが名残惜しそうに起き上がる。ひと安心して私も身体も起こすと、彼が私の身体を軽々と抱え上げた。

「ひゃっ！　ちょっと、杉浦くん⁉」

私は落とされないように、慌てて杉浦くんの首に腕を回して掴まった。彼は飄々《ひょうひょう》とした様子で、私を腕の中に収めたまま歩き出す。

「シャワーを浴びて朝ご飯にしましょう。トーストしかないですけど、いいですか？」

「それはいいけど、自分で歩くから下ろして。重いでしょ？」

「重くないので下ろしません。同じ場所に向かうのに別々に行く必要はないでしょ」

「でも、一緒にシャワーは恥ずかし……んっ」

杉浦くんは私を抱きかかえて歩きながら、器用にキスを落としてくる。

「俺たちの間で〝でも〟はなし。恥ずかしがるのは可愛いから許しますけど」

「……」

「あ、そうだ。後で梓さんの住所を俺にメールしておいてくださいね。新しいメアドも知りたいし。今日の夜、遅くなるかもしれませんけど、迎えに行きます」

「えっ？」

「着替えを数日分用意しておいてください」

「あの、杉浦くん、それはどういう……」

「一緒に住むまでは、平日は会えない日が多いから、休日にたくさん充電しないと。今までの分、たくさん〝恋人〟しましょう。もっと〝梓さんの彼氏〟を堪能したいです。あ、でもそうなると、結婚するのはもう少し先がいいんですかね……。いや、でも、うーん……」

「杉浦くん、可愛い」

「なんですか、それ」

真剣に悩んでくれているのが嬉しくて、笑みをこぼすと、杉浦くんが少し拗《す》ねたような顔をした。

「大丈夫だよ。結婚してなくても私は逃げたりしないから。それに、私も〝杉浦くんの彼女〟をたっぷり堪能したいから、結婚するのはもう少し先がいいかな」

「うーん、そうですか？」

「うん。ふたりでゆっくり歩いていこう。たくさんイチャイチャしようね。今まで我慢してきたから、デートとか旅行もたくさんしたいな。あっ、今から寒くなるし、温泉とか行きたいね！　去年杉浦くんが連れて行ってくれた温泉も、肌がすべすべになってすごく気持ちよかったし、またゆっくり行きたいな」

「……こんなところで煽らないでくださいよ」

「煽るって、何？」

杉浦くんと同じことを言っただけなのにと、私は首を傾げる。

「はぁ……もう。本当に梓さんには困らせられますね」

「え、何か困らせちゃった？」

「はい。でも、もう今までみたいに我慢しないので、俺にたくさん愛される覚悟をしておいてくださいね。俺も梓さんとしたいと思ってること、たくさんありますから」

杉浦くんに笑顔が戻る。

すごく遠回りしてしまったけれど、私たちが過ごした日々は無駄なものではなかったと思うし、苦しい気持ちも切ない気持ちも含めて、すべてが私にとって大事な宝物だ。

これからもずっと、この居場所を大切にしていこうと、心に誓う。

バスルームに着き、杉浦くんが私の身体をゆっくり下ろす。

「梓さん」

「うん？」

杉浦くんの呼びかけに顔を上げると、彼の唇が私の唇に何度も降り注いだ。軽く触れるだけのバードキス。離れた杉浦くんの顔には、私の大好きな、眩しそうに目を細めたやわらかい笑みが浮かんでいた。

「これからもずっと、ふたりで一緒にたくさん大切な日を作っていきましょう」

「……うん！」

あなたと過ごす日々は、毎日が特別な曜日になる。

END

この作品は小説投稿サイト・エブリスタに投稿された作品を加筆・修正したものです。

エブリスタでは毎日たくさんの物語が執筆・投稿されています。（http://estar.jp）

毎週木曜日

発行――●二〇一七年三月二十五日　初版第一刷
著者――●柚木あい
発行者――●須藤幸太郎
発行所――◉株式会社三交社
〒一一〇―〇〇一六
東京都台東区台東四―二〇―九
大仙柴田ビル二階
TEL 〇三（五八二六）四四二四
FAX 〇三（五八二六）四四二五
URL：www.sanko-sha.com
本文組版――●softmachine
印刷・製本――●シナノ書籍印刷株式会社
装丁――●softmachine
Printed in Japan

ISBN 978-4-87919-281-3

エブリスタWOMAN

EW-032

B型男子ってどうですか？

北川双葉

凛子は隣に引っ越してきた年下の美形男子が気になり始めるが、苦手なB型だとわかる。そんな折、年上の紳士（O型）と出会い、付き合ってほしいと告白される――。B型アレルギーだと信じ込むばかりに、本当の気持ちになかなか気づくことができない凛子。血液型の相性はいかに!?

EW-033

札幌ラブストーリー

きたみ まゆ

タウン情報誌の編集者をしている由依は、就職して以来、仕事一筋で恋はご無沙汰。そんな仕事バカの彼女がひょんなことから、無愛想な同僚に恋心を抱いてしまう。でも、その男には別の女の影が……。28歳、不器用な女。7年ぶりの恋の行方はいかに!?

EW-034

嘘もホントも

橘いろか

地元長野で派遣社員として働く香乃子は、ひょんなことから、横浜本社の社長秘書に抜擢される。異例の人事に社内では「社長の愛人」とささやかれ、秘書室内での嫌がらせは日常茶飯事。そんな逆風の中、働きぶりが認められ、正社員への道が開かれるが……。過去と嘘と真実が交わる中、香乃子の心が行きつく果ては？

EW-035

優しい嘘

白石さよ

瀧沢里英は、上司の勧めで社内一のエリート・黒木裕一と見合いをした。それは元恋人、桐谷寧史にフラれたことへの当て付けだったが、その場で黒木はいきなり結婚宣言をする。婚礼準備が進むなか、里英の気持ちは次第に黒木に傾いていく。しかし一方で、彼女はこの結婚の背後に隠された〝秘密〟に気づき始める。

EW-036

ウェディングベルが鳴る前に

水守恵蓮

一ノ瀬茜は同じ銀行に勤める保科鳴海と結婚した。しかしハネムーンでの初夜、鳴海の元恋人が突然二人の部屋に飛び込んできて大騒動になる。鳴海は彼女を送っていくと言ったまま、その夜帰ってこなかった。激高した茜は翌日ひとりで帰国の途に就き鳴海に離婚届を突きつけるが……。

エブリスタWOMAN

EW-037

なみだ金魚

橘いろか

美香子と学は互いに惹かれ合うが、美香子は自身の生まれ育った境遇から学に想いを伝えることができない。一方、学は居心地のよさを感じ、ふらりと美香子のアパートを訪れるようになった。そんな曖昧な関係が続き二年の月日が流れた頃、運命の歯車が静かに動き始める……。

EW-038

TWINSOULS《ツインソウル》

中島梨里緒

遥香は別れた同僚の男と身体だけの関係を続けている。ある日、帰宅途中の遥香の車が脱輪しているところを、偶然通りかかったトラックドライバーが助けてくれた。お礼も受け取らずに立ち去ったドライバーのことが気になっていた矢先、遥香の働く会社に彼が現れる。この再会は運命か、それとも……。

EW-039

Lovey-Dovey 症候群《シンドローム》

ゴトウユカコ

高梨涼は不倫相手に「妻と別れることができなくなった」と告げられる。自暴自棄に陥った涼は泥酔の果て、立ち寄ったライブハウスで少年のようなヴォーカルの歌声に魅了された。翌朝、隣には昨夜の少年が裸で眠っていた――。恋に仕事に揺れ動く26歳と心に傷を負った18歳の年の差の恋が、今、始まる。

EW-040

バタフライプリンセス

深水千世

大学生の田村遼は男らしい性格のせいで彼氏に振られて酔いつぶれてしまう。そんな遼を助けてくれたのは、Ｂａｒ『ロータス』のバーテンダー・信幸だった。変わりたいと思い、ロータスでアルバイトを始めた遼だが……。素直になれない【さなぎ】は蝶のように羽ばたくことができるのか!?

EW-041

雪華 ～君に降り積む雪になる

白石さよ

控えめな性格の結子は大学で社交的な香穂と出会い仲良くなったが、二人とも同級生の篤史を好きになってしまう。結子は気持ちを明かすことができず、香穂と篤史が付き合うことになり、結子の恋はそこで終わった。だが、香穂の死が結子と篤史を繋げてしまう。二人のたどり着く先は――?

エブリスタWOMAN

EW-042

再愛 ～再会した彼～

里美けい

白河葉瑠は高校の時、笑顔が素敵で誰からも好かれる楢崎怜斗に恋をした。奇跡的に告白が実ったが、大学に進学したある日、彼から一方的に別れを告げられた。それから八年、心の傷を癒せないままの葉瑠が異動した先で再会した怜斗は、無愛想で女嫌いな冷徹エースへと変貌していた――。

EW-043

となりのふたり

橘いろか

法律事務所で事務員をしている26歳の霧島美織のそばに今いるのは、同じ事務所で働く弁護士の平岡彰と名前も知らないパン屋の店長。友達は『適齢期の私たちが探すべきなのは【結婚相手】だ』と言うが、美 織はパン屋の店長がどうしても気になってしまう。そんな時、平岡に付き合おうと言われ――。

EW-044

見つめてるキミの瞳がせつなくて

芹澤ノエル

札幌でネイルサロンを営む椿莉菜は、29歳の誕生日に四年間付き合っていた彼から別れを告げられる。そんな莉菜の前にファーストキスの相手である年下のイトコ・類が現れ、キスと共に告白をして去っていく。徐々に類に惹かれていく莉菜だったが、ある日類の元カノがやってきて――。

EW-045

もう一度、優しいキスをして

高岡みる

素材メーカーに勤める岡田祥子は、4歳年下の社内の恋人に30歳を目前にしてフラれてしまう。それから2年、失恋から立ち直れずに日々を過ごしていた祥子の部署に6歳年下の新井が異動してくる。そして元カレの送別会の帰り、祥子は新井に促され共にラブホテルに入ってしまう――。

EW-046

Once again

蒼井蘭子

藤尾礼子は、大阪の大学で二歳年上の関口遼と恋に落ちる。しかし、彼が大学卒業後、理不尽な別れ方をすることに。27歳になり、東京で働く礼子は同じ会社の柴田久志と婚約をするが、ある日遼が礼子の前に現れる。礼子に変わらぬ愛をぶつける強引な遼。礼子は次第に翻弄されていく……。

エブリスタWOMAN

EW-047

共葉月メヌエット

青山萌

福岡の老舗百貨店の娘・寿葉月は大学入学を目前に、8歳年上で大会社の御曹司・蓮池共哉と〝政略結婚〟をさせられる。冷徹な共哉に落胆する葉月だったが、一緒に生活をしていく中で共哉のさりげない優しさを知り、自分の気持ちの変化に気づく。一方、共哉の態度も次第に柔和になっていくが……。

EW-048

さよならの代わりに

白石さよ

大手電機メーカーで働く29歳の江藤奈都は、同じ職場の上司・東条に失恋をし、バーで知り合った皆川佑人と朝まで過ごしてしまう。彼の素性を知ることなく別れたが、数日後、人事コンサルタントとして奈都の会社に出向してきた皆川と再会。彼の提案で、期間限定で恋人同士になる契約をする——。

EW-049

この距離に触れるとき

橘いろか

30歳の小柳芹香は、二歳年下の幼馴染・永友碧斗が社長を務める名古屋の飲食店運営会社で社長秘書として働いている。芹香はヒモ同然だった年下彼氏と別れ、ある事情から碧斗のマンションで同居生活をすることに。そんな中、副社長兼総料理長の小野田照青が好意を寄せてくれていることを知る……。

EW-050

Despise

中島梨里緒

岸谷美里は高校卒業時に、堀川陸と十年後地元の千年桜の下で再会するという約束をして、別々の道を選ぶ。それから十年、服飾デザイナーの夢に破れた美里は派遣社員として就職した設計事務所で陸と再会する。夢を叶え一級建築士となっていた陸だが、プライベートは荒んだ男に変貌していた。

EW-051

今宵は誰と、キスをする

滝沢美空

人事部で働く28歳の種村彩は6歳年下の幼なじみ・海老名眞と成り行きで一線を越えてしまう。弟のように思っていた眞との過ちを後悔する彩だったが、眞からは好きだったと告白され、期間限定で恋人として過ごし、恋愛対象にできるか判断してほしいと懇願される。一方、同期でもあり元恋人の甲本敢太からも復縁を迫られ——。